这大地熄灭了 有噪音

甫跃辉 著

上海文艺出版社

我打开了我那单人牢房的门，我走了。我的背驼得这样厉害，我见到的只是自己的脚。要是我睁开眼睛，在我的双腿之间只有一点儿浅灰黑色的灰尘。我对自己说，这大地熄灭了，尽管我从未见到它发过光。(略停) 就这样孤零零地走着。(略停) 当我摔倒时，我将因幸福而流泪。

——萨缪尔·贝克特《终局》

目录 | Contents

春和夏

星垂

阿童尼

侏儒

热雪

长途

少年血

夜眼

秋或冬

孤舟

平野

看黄河

雪山故园

午夜病人

公园

新生曲

代后记

大地会烧尽吗

春 和 夏

星　垂

　　黑暗中摸到灯绳，拉亮了，亮得晃眼。他们不说话，穿衣，穿鞋，刷牙，洗脸，带上房门时，跟爸妈说走了啊，爸妈说一路小心啊。他们探着路，走出院子，拐入小路。路边的竹林飒飒作响，有鸟咕咕地叫，他们立一立，看看彼此，什么都看不到，黑暗里，只感觉到彼此潮湿的鼻息，感觉到各自缩了缩肩膀。许久，眼睛慢慢适应了黑暗，模模糊糊看见路了，他们才悄无声息地往前走。路边是一条小沟，多半时间没水，这时节倒还有水，水绕过矮墙边的美人蕉丛，水声淙淙，夜愈发静了。

　　秋天的静，是个蹑手蹑脚的小人儿。

　　他们尽量靠近小水沟，离竹林远一些。竹林里有什么呢？他们也曾仗着日光进去看过几次。不过是一些枯竹叶，一些枯笋壳，暗绿的蕨菜生长在断墙头，墙边的空地有几株高大的棕榈，很长时间，他们都没发现那些硕大的棕榈叶子底下，悬挂着乌黑的蝙蝠……竹林里四处鸟叫，如阳光一般破碎。他们几乎是逃出来的。

这是去年的事儿了。

今年，村里接连死了好几个人，有老人，有年轻人，有病死的，也有自杀的——那个自杀的年轻人，恰好住在竹林边。就在昨天，同院的一个小孩掉进水塘里淹死了。他们这辈子都不会忘记：那孩子白腻的肚皮胀鼓鼓的，被大人按在倒扣的铁锅上，锅烟子粘住了肚皮。直到他被卷进草席，黑黑的锅烟子仍在着。他们跟着扛草席的大人出门，走着走着，草席边儿朝下耷拉，露出孩子肉嘟嘟的白净的小脚丫，脚丫间还有泥巴。他们如受惊的麻雀，再不敢跟去了，纷纷飞回家里。

那只白净的小脚丫啊……

脚下哗哗剥剥，是枯竹叶的声音。那么细，那么轻。他们不敢朝四周看，只使劲儿盯着脚下的一小片地。黑暗太浓稠了。他们只能确认这一小片土地。

他们在这一小片安全的地上停了一会儿。

要到小学去，有两条路：一条是走断崖的近路；另一条是走村里的远路。第一条路太危险，后者要经过更多的竹林。爸妈总叮嘱他们，不能走断崖那条路，他们确实也听话，天太黑了，若没月亮，夜色就是块厚厚的黑布，遮住他们的眼睛，怎么都甩不掉。他们只能往东边走一段山路，再拐下村子朝西走。他们在竹林间唱歌。他们唱"太阳当空照，花儿对我……"唱几句，停下来。竹林里鸟儿咕噜噜几声。抬头看得见密密匝匝的竹叶漏出的星星。他们一步紧一步往前走，脚下喊喊喳喳。身后也有声音，他们不敢回头看。许久，总算走出竹林，走到大路，他们大大喘两口气，发现额头上都是汗。

如今却有些犹豫了，刚死掉的那些人就埋在东边山脚的竹林后。

他们决定走断崖。

这是头天晚上就决定了的。

这条路也有竹子，却不成片，只是蓬松的一丛，高高地立在断崖边。

白天，他们常在断崖边玩儿。沿着坡面朝下滑，他们手拉着手，侧身往下走。靠近断崖时，会蹲下身子，嗖嗖地滑下去，到断崖边，猛地伸手拉住身边的竹子。土块哗啦哗啦坠到崖底，竹叶纷纷扬扬飘远，他们坐在地上，笑声飞得很高。

现在他们也不敢这么玩儿，天还黑着，那双脚丫子……上坡，下坡，终于走到断崖边了。几片碎石块儿掉下去，传来空洞的几声撞击，冰块撞击铁桶似的。枯干的竹叶飘下去，他们听不到声音。他们习惯性地站在崖顶，大大喘了两口气。

他们看不见白天站在崖顶看得见的——

由东往西，屋顶连屋顶，村落连村落，一条大路通向坝心，那儿有一条横贯南北的公路，路上有车，一辆一辆车，在行道树间，出现又消失，消失又出现。公路边就是他们的小学；抬头看呢，那是天啊，一眼就看到西边山顶，有时候没云，有时候有云。有云的时候，地上就有一块一块的暗。他们知道，站在那些暗影里的人是看不到太阳的，所以，人同样是站在地上，看到的天是不一样的，他们就会有点儿感激照在身上的太阳。

他们最喜欢站在崖顶看落日。

落日时最好有云。

云最好是瓦楞样的。

便有无数种红,在天上铺开。他们展开手臂,啊啊地叫。他们的声音在村子上空飘来荡去。屋顶上的炊烟,在声音里有些微的晃动。

不过,没有云也是好的。

不管有云没云,现在什么都看不见。黑暗蒙住他们的眼睛了。

他们在黑暗里侧身朝下走,手拉着手,空出来的手摸索着崖壁,崖壁都是砂岩。他们常从上面抠下拳头大小的一块块,黄色的叫黄宝石,红色的叫红宝石。他们在院子的水泥地上,画黄色的太阳,也画红色的星星和月亮。在太阳、星星和月亮间,他们写自己的名字。

不断有石块掉下去。咚咚——咚——

每掉一块石头,他们都会停下来,扶着崖壁,耐心地听。一颗心脏也跟着石块在往下掉,在黑暗里发出声音:咚咚——咚——

这么走走又停停,足足花了二十多分钟,才走完平时不到五分钟就能走完的路。

终于到崖底了!他们大口喘气,再喘气,额头都是汗,手心也是汗。

回想刚刚心中的恐惧，和穿过竹林的恐惧是不一样的，究竟有什么不一样，他们说不出。

好一会儿，呼吸和心跳渐渐平复。

"你瞧!"是哥哥喊了一声。

"那是什么?!"

弟弟抬起头。

忽然出现的光亮，照亮他们仰起的脸。

是一颗流星，倏忽划过。眨一眨眼，仍有一条光亮的痕迹留在天上。

他们仍然盯着夜空看，似乎在等待另一颗流星出现。许久，再没流星出现。

"在上面看流星，肯定更清楚。"哥哥说。

"会更清楚?"弟弟说。

"会更清楚。"哥哥又说一遍。

他们看看崖顶，那蓬竹子高大的身影在晃动。都有点儿遗憾，又都没勇气再爬上去。

第二天早上，他们依旧走的断崖。

有了第一天的经验，他们没那么紧张了。断崖不过如此嘛。他们走到崖顶，会停下来看看天。他们已经学过张衡数星星的语文课，自然课上，年轻的女老师还讲过北斗七星牛郎织女星大熊座小熊座天琴座狮子座，当然，还有银河!

银河那么宽那么长，数不清的星星闪闪烁烁。他们不眨眼地看，星星渐渐近了，闪烁着滑进眼睛。他们变得大了，天变得低了。无边无际的天,落在他们的眼底了。他们从来没有看到自己那么巨大,突兀地立在天地间,银河不过是身边偶然飘落的一片竹叶。这片竹叶是翠绿的,还没来得及沾染一点儿灰尘。四周那么静啊,没有人声,没有虫鸣,可是,他们似乎听得到声音,不知从哪儿起来的,一刹那就那么宏大了,轰隆轰隆地响动着,一如他们的身躯,在不断扩张、膨胀。忽然,那声音消失了,天哗啦一下就缩回去了。四周那么静,天愈发高了,他们愈发小了。

天气一天天转凉,冬天来了。

学校并未调整上课时间,起床时间自然也就没变。他们起床时,天愈加黑了。南方冬天的早晨也是冷的。他们的手指头和指头关节都冻得发紫了。同学中有人会找朽了的木头,笼在手里点着了取暖。他们没找到这样的木头,只好让手冷着。

入冬不久的一天早上,他们在崖顶撞见奇迹了。

橄榄球似的发光体,忽忽悠悠的,从南边飘过来,忽忽悠悠地朝北边飘去。满天的星,都被它的光亮盖住了。那是什么啊?他们都呆住了,忘记说什么好了。只是呆呆地看着。发光体移动很慢。飞碟!他们喊。发光体并不理会他们,仍不紧不慢朝北边飘去。飞碟!飞碟!他们梦醒了一般,跳着,指着发光体大叫。他们的声音很快就被黑夜这块大海绵吸干了。发光体飘到他们正前方了。隆重耀眼的光亮,无异于太阳发出的。他们不敢喊叫了,闭了嘴,紧张地盯着它。眼睛的余光可以看见,地上都给照亮了:由东往西,屋顶相连,村落相连,坝子中央一条横贯南北的公路，公路边上，他们的小学校空空荡荡。

不知过了多久——或许只是一瞬，或许很久。那发光体暗了，小了，消失了。

黑暗再次降临。

他们总算喘上一口气了，总算活过来了。但脑袋仍然晕晕乎乎的，闭了眼，眼睑上仍残留那光亮，睁开眼，只见黑暗。

他们到学校说，谁都不相信。老师也不信。

"我们真看到飞碟了啊！"哥哥急红了脸，又小心翼翼虚构："还看到飞碟里的外星人了。"

"外星人跟你们说话了吗？"

"当然说了！"

"那外星人说的什么话啊？中国话还是外国话？"年轻的女老师笑眯眯地看着他。

他说不出来，脸更红了。

女老师也笑，说撒谎是不好的，要做诚实的好孩子。老师示意他坐下后，告诉大家："那只不过是很常见的流星，不是什么飞碟。你们见过流星雨吧？狮子座流星雨就要来了！就在后天一早，早上五六点钟，天上到处是流星……"老师意味深长地看看大家，"我太了解你们这些人了，没人起得来。我也起不来……谁要是起来看到了，跟我说一声。"

大家都笑，他没笑。

放学路上，他跟弟弟一说，就都记在心里了。

第二天他们早早睡下，睡前悄悄把闹钟调早了两个小时。

他们生怕爸妈发觉，所幸他们只说了一句，天黑路上小心。他们走出家门，在黑暗里低低地喊了两声。早了两个小时，夜可是黑得多了！很久了，他们仍然没能在地上看到路，只好手拉着手，凭着记忆往前走。要不回去拿电筒吧？弟弟提议。提议被哥哥否决了。怎么能回去呢？会被发现的。他们花了比平时多得多的时间才走到断崖边。

看不到一颗星。

也看不到月亮。

昨天还是大晴天，一夜之间，天怎么就阴了呢？

"要回去吗？"弟弟冷得直跺脚。

"不！"哥哥说，"再等等。"

他们在那蓬高大的竹子下等。随便一走动，脚下的枯竹叶就嚓嚓嚓，嚓嚓嚓，透露出冬天的讯息。越来越冷了。他们跺着脚，搓着手。天上仍不见一颗星。四周那么静。时间如黏稠的药膏。他们陷在里面，动弹不得。

"还是回去吧？"弟弟连连跺脚。

"你冷吗？我带火柴了。"他摸到裤兜里的半盒火柴。

"要烧火吗？爸妈知道会骂的。"

"他们怎么会知道？"

兄弟俩摸索着在竹丛下聚拢了一堆枯叶。哥哥两手颤颤的，连划了三根火柴，点燃了枯竹叶。小小的火苗，漂浮在枯叶上，缓缓蔓延开。枯黄的竹叶弯曲着，变黄，变灰，发出细微的声响，温暖的焦煳气息弥散开。他们看到彼此的手被映得通红，对方的身影从黑暗的底片上凸显出来了。四周的黑暗变得更加黑暗，浑圆的光明笼罩着他们。

枯竹叶多得是，越来越多的竹叶在火堆中发出脆响。

这是最温暖的早晨，在这个冬天。

他们不知道火是怎么蔓延到竹丛间的。

火，跳舞似的，一步一步往前窜，牵住了笋壳，又攀住了枝杈。那旋转的，花哨的舞步，裹卷着每一根竹子往上又往上。两兄弟眼花缭乱。他们赶上去，用脚踩，用手拍，手被烫伤了，脚下传出刺鼻的橡胶味儿。那火舞动得越发起劲儿了。呼呼呼，裙裾飞舞；呼呼呼，腰肢扭动；呼呼呼，头发乱飞；呼呼呼呼……风拽着火，火推着风。黑夜黑色的衣服被一块块卷下来扯下来撕下来，烧着了！

他们细弱的身影在地上颤动。

那时候，他们不会去想，许多年后，他们才会去想：如果那时候有人站在山下学校操场，往悬崖那儿望，那就是崖顶扎起了一根硕大无朋的火把，把暗黑的夜幕烧穿了一个大洞。满眼只是火光，光亮，亮堂得出奇，奇怪的是，根本看不到他们，他们完全被光遮蔽了。

光湮没他们。他们在光的洪流里张口结舌。

他们不再扑火，不敢喊叫，也不敢逃，只是站在冷热的交接点上，眼睁睁看着这一切发生。那丛熟悉的竹子，以他们不熟悉的炽烈决绝的姿态站立着。身披红妆，沉默不语。噼噼啪啪的声音不是来自眼前,而是来自远方的冰湖坼裂。

就这时候,下雨了。

一颗一颗耀眼的雨滴,纷纷坠落。即便相距遥远,他们也能触碰到它们的冰凉。哦,可那雨滴落在火上,火反倒迎上去了。哦,那不是雨滴,是流星。

狮子座的流星雨。

他们这辈子再也不会看到的。

千百颗流星,怀抱赴死的决心,奔向大地之火,不说一句临终的遗言。

天上地下,光耀灿烂。冷的热的,大的小的,都被烛照明晰。整座山头,如被搁置在放大镜下观察,白天寻常可见的树木、土坡、草地,都被涂上一层明亮的釉质;白天不会被注意到的一块石头、一丛灌木、一片荆棘,都跑到眼前来了,那么不可置疑,那么不容忽视。还有,不知道哪儿飞出的那么多虫子,有蚂蚱,有蟋蟀,在光亮中飞速扇动翅膀,翅膀都是透明的,它们也几乎是透明的。接着是鸟!如同一支支箭镞,迅疾地粘在虫子后面,浑身的羽毛都要烧着了!烧着了!是一团团火焰跟在虫子后面!当它们飞升,又融进流星的队伍里了!它们也是一颗颗流星……他们完全置身在一个陌生的世界里了。摇摇晃晃,如痴如醉,醉生梦死,死不足惜。他们想哭又想笑,想大叫却只能闭嘴。他们不知道自己怎么会在这儿了,不知道自己是谁了。火啊,流星啊,这个世界如此简单,所有的秘密都被他们看到了。他们还看到,自己那么渺小,在天地间，就是一粒小得不能再小的流星；那无数颗流星，和他们一样，也是那么渺小，是天地间一粒小得不能再小的尘埃；那一支熊熊烈火，也是小得不能再小了，只是尘埃里偶然开出的一朵小野花。

许久。星星落了许久，竹丛烧了许久。夜色淡了，星星落光了，大地熄灭了，他们仍未能从这一场大梦中醒来……他们梦游一般朝悬崖下走。

什么事儿都没发生过。

中午。学校。有人在教室门口吵。人群里看得到爸妈。

"你们说，为什么要放火?!"年轻女老师脸都涨红了。

哥哥浑身发抖：

"冷。"

阿 童 尼

> 我为阿童尼哭泣——他已经死了!
> 噢,为他哭泣吧!虽然我们的泪珠
> 融解不了那冻结他秀额的冰霜!
>
> ——雪莱《阿童尼》

一、"忧郁的时刻"

表哥昨晚咽下了最后一口气。

咽气前两个小时,他从床上坐起,掀开身上的被子——被子里堆满了冰冻的矿泉水瓶,有的瓶子里的水开始融化了。这些,是为了给他降温。守在旁边的舅舅问,"你要做什么?"他不说话,歪着身子坐在床沿,两手抬起一条腿,放到床外,又抬起另一条腿,放到床外。他晃荡着两条腿,坐在床沿看窗外。窗外是一条水泥路,偶尔有人走过,说着话,听不清。是个晴天,但雨可能很快到来。"你要做什么?"舅舅又问了一遍。"我去上厕所。"他咕哝着,两手支起身子,挣扎着站住了。舅舅和我看着他,想要上去搀一把,又都坐着没动。他歪歪倒倒地走出门去,很久——也可能只是几分钟后,听到卫生间传出滴滴答答的声音。尿液溅到瓷砖地板上了。

表哥回转来,蹭到床边,艰难地躺下,慢腾腾地拉过被子盖上,扭头望向窗外。窗户比床高,他透过窗户看到的,只是窗外路对面的石灰墙。

"他倒是好,死了就死了,丢下这一大家子。"

"怎么能这么说呢?"我皱了眉。

扭头看表哥,他木着一张苍白的脸,微微张着嘴巴,似乎并不在意舅舅的话。

天一点一点暗下去。窗外有蝙蝠在飞。

两个小时后,我们发现表哥仍然盯着窗户,喊了他两声,又推了推他——

他死了。

表哥的嘴张得很大,舅舅和我轮番上阵,用手帮他合拢,但只要放开手,下巴又掉下去了。我们只好找来一张白毛巾,兜住他的下巴,在头顶打一个结。乍一看,表哥仿佛一个戴着蝴蝶结的小姑娘。这副模样,简直要让我们忍俊不禁。

表哥的尸体在堂屋停厝好后,来相帮的人暂时都没什么事做,三三两两的,聚在白炽灯下打牌、聊天,星散了一地瓜子壳。有几个是表哥的发小——

  读书那会儿,我们几个数小谷成绩好,可他的心思却不在读书上，成天捉鱼摸虾，有一次我见到他在看书，抓过来一看，是小人书。闹腾了几年，他竟然连高中都没读就回家了。我们这几个原先比他成绩差的，倒是都上了高中，几年后，好歹也进了师专之类的学校，如今都在县里的各种单位待着。只有小谷回家当了农民。按他的性格，安安稳稳种地是不可能的。我记得刚开始那几年，他种过蘑菇，养过黄鳝，养过蜜蜂，还倒腾过兰花。后来，又去开货车，又开了店做服装生意，再接着是做家电生意、羊肉生意、钢材生意。

有一年春节，县城里卖彩票。两块钱一张彩票，最多的奖是五块钱；运气好点儿的，能抽到一箱啤酒；再好点儿的，是一台录音机；大奖则是一辆五羊摩托。那时县里摩托还很少。那辆大红色的五羊摩托真够诱人的，可谁会有那样的好运气呢？我买了两张，连五块钱都没中。就在那天下午，小谷买了一张，就中了那辆摩托。我们都不敢相信。小谷大喜之余，又花了五百多块钱买了两百多张彩票，那些彩票只中了几个五块钱和一箱啤酒。我们几个喝光了那一整箱啤酒。小谷一直在笑，还让我们轮流坐到摩托上去。

一年后，小谷结婚了。

不夸张地说，至少二十年来，村里没人娶到过那么漂亮的新姑娘了。很多人羡慕又嫉妒。小谷的老婆漂亮不说，还温柔，贤惠。结婚后，很多人看到小谷骑着那辆五羊摩托带她上街。我们和他们打招呼,摩托车呼啸而过,他们的笑脸也呼啸而过。又过了一年,在我们面前呼啸而过的,又多了一张孩子的笑脸。

大概两三年后,我见到小谷骑一辆很炫酷的摩托,问他怎么买了这么一辆摩托,他说那摩托不是他的,是他帮别人检审,从中可以拿一笔钱。那天,我和他坐了摩托回县城。他把摩托开得飞快,发动机声音巨大,这一路上,我没听清他说的哪怕一句话。

如果他一直做摩托检审的生意,也不错吧?

后来,听说他把攒了好几年的钱,都投到一个什么矿山项目里了。那项目是朋友介绍的。他来跟我说,要我也投资几万块钱,我问他那项目是谁给他介绍的?他说是个信得过的朋友。最终,我没投钱进去,还说了他几句,他好像有点儿不高兴。三个月后,他拿到了第一笔回报,是五千块钱。他又来找我,说他准备再投两万块钱进去。我有点儿心动,但又不想示弱,还是没投钱进去。大半年过去了,没再见到小谷,和人一打听,才知道他弄的那项目黄了,负责人都找不到了。我真有点儿后怕。

最后一次遇到他,是三年前吧?他胖了很多。我还想,他是不是发财了。他的神情却是懒懒的,问他最近在做什么,他才两眼活泛了,亮亮地有了神色。他说他在猜字花。我说什么叫做字花啊?他说就跟小时候猜谜语差不多,有个大公司在做,出个谜面,猜十二生肖中的一种动物，两天后公布答案。你猜准了哪个，就花钱买哪个，十块钱一份，可以买很多份，如果跟答案相符了，那每份就奖励十倍。他说得眉飞色舞，又要约我一起参加，说我是语文老师，最合适干这个。他给我写了几个近期的谜面，我想了半天，说出来的答案一个都不对。他脸上带着笑，连连摇头，说亏你还是语文老师呢，怎么猜不对呢？他告诉我答案是什么，并向我解释为什么是那样。看得出他很兴奋，脸色都红润了。我说，这些你都猜对了？他说多半也没猜对，但经过近期的分析，他相信今后对的一定会更多的。我内心里不认同，但也没怎么表现出来。只说还有事儿，匆匆跟他告别了。我想，没能说服我一起参加，他该有些失落吧？

我后来才知道，他那时候已经生病了。

二、"更有的还活下去"

表嫂的哭声渐渐低下去。她蹲在表哥身边，一手环抱着他的头颅。表哥脚前点着一盏长明灯，灯光把表嫂的身影投到墙上。身影在墙壁和天花板处折了弯，脑袋贴在天花板上，俯瞰着它的主人。表嫂在喃喃地说着什么，听不清。

门口有小货车的声音。车灯闪烁。喇叭响了两声。

一个身影扑进来，带着哭声。是表姐回来了。

表姐直奔堂屋，她的哭声又勾起表嫂的哭声。她们一边哭，一边骂。骂了一阵，不骂了，只是哭。哭声慢慢又低下去。过了好一阵，表姐走出堂屋，抹了几把脸。两只眼睛红红的。她和院子里的十多个人一一打招呼。大家不咸不淡地说些安慰的话。表姐说，这么晚了，要不要吃点儿东西。大家都推让着。表姐又说，还是吃点儿东西吧。

表姐叫上我，开车到县城去买夜宵。

离县城不过两公里，远远的，看得到县城那一片光亮。朝天上看，浮了一团粉色的滞重的云。我在副驾驶座上，久久地望着那一团云。

一路黑暗。没有路灯，也没有星光，车灯那一小团光，不断被黑暗吞进去。我们的车，也被吞进黑暗的肚子里了。

我和表姐没说一句话。

从来没在这个时间到过县城。不过十二点，街上已经看不到一个人了。偶尔有一两家店铺还亮着灯，是一只只孤独的眼。小货车开到要去的大排档，没人了；又换了一家，还是没人；再换一家，依旧没人。我和表姐在空荡荡的县城大街上转了一圈又一圈，仍然两手空空。表姐停下车，两手捶了方向盘几下。

"我就不相信，一家开着的都没有了。平时，这时候不还有很多人吗？"

"要不去开发区看看？可能还有烧烤店之类的。"

在开发区，我们没找到烧烤店，找到一家卖小笼包的。一对年轻小夫妇，为第二天的生意做准备。我们说明来意，他们答应先做几屉给我们。我们就站在小店前的柏油马路上等着。

"虽然早就知道会有这天了,我还是觉得,不像是真的。"表姐抬头望望天。

"是啊,太假了。"我也抬头望天。那朵粉红的云也是假的。

"太假了……怎么可能呢?"表姐顿了顿,"我哥才三十多岁啊!"

几天前,我翻到一张照片,是我和哥小时候的合影,我们站在村外的小河边,身后是一棵桃树,桃树正开花,但那是张黑白照片,看不出桃花是粉红的还是大红的还是粉白的。我也记不得了。我前面有一蓬艾蒿。至今,我倒还想得起,那蓬艾蒿是什么气味。

小时候啊,我总黏着哥哥。我们每天一起去县城的学校,一起从学校回家。早上去学校时,天还是黑的。我们常常一边走,一边看天上的星星。那时候,县城还没这么多灯,天上的星星比现在的多。自然课上,老师教过星座。我们就一路仰着头,认那些星座。天上的每个星座,哥哥都认得出来。在他的指点下,我也很快认全了。呵,现在也全忘了。

一天早上,我们走出村子不远,走到小河边,忽然,一团巨大的光亮从天上慢慢地滑过。地上都照亮了。小河水亮堂堂的。屋子、田地、树木,看得一清二楚。是流星吗?流星没那么大。哥哥大叫,是宇宙飞船吗?宇宙飞船要来接我们了！哥哥又叫又跳，朝它使劲儿挥手。我吓得不行，连忙拽住哥哥的手，对哥哥喊，别叫了，别叫了！哥哥不听我的，大喊着追上去。那亮光忽地加快了速度，转眼间就不见了。

天黑漆漆的，我和哥哥气喘吁吁地站在黑夜里。

哥哥埋怨了我好几天。我们和好了，他还不时提起，说要不是我拽着他，他早就跟宇宙飞船走了。现在，我就是想拽他也拽不住了。

渐渐的，哥哥不大和我同路了。他的朋友越来越多，有些我认识，更多的我不认识。大概就是从那时候开始吧，我们疏远了。哥哥没读完初中就退学了，我读完初中，高中毕业没考上大学。后来我进服装厂、化工厂做了几年，结婚了。我结婚三四年后，哥哥才遇到嫂子。

那时候，我知道哥哥好像在谈恋爱，也不好问他，只听说那是县城的姑娘。再后来，听说有人又给哥哥介绍女朋友。哥哥不愿意，还是被我爸我妈催着去见面。哥哥就约了我一起。我们很久没怎么说话了，不知道他怎么会想到要约我一起去。我当然很愿意陪他去。

那村子我从来没去过，哥哥也没去过。在那家人的院子里，一个和我年纪差不多的姑娘正在晒衣服。那天太阳特别好，吹着风，衣服一次次扑到她脸上。她的脸白一阵，红一阵，特别好看。我发现，哥哥都看呆了。

好多年了，哥哥没和我说过那么多话。回到家后，爸妈围在屋子里，问哥哥喜不喜欢那姑娘。哥哥一个劲儿笑，笑得在床上翻跟头。我妈问，你不是喜欢那个鼻子上有颗痣的姑娘么？这姑娘鼻子上可没有痣。哥哥笑得更大声了。

哥哥正儿八经开始恋爱了——虽说是介绍的，他们并没有直接谈婚论嫁。两家人离着不过十来公里，他俩却还给对方写信——那时候家里还没装电话呢，更别说手机了。有一阵子，两个人大概吵架，我哥不吃不喝一整天了，我妈让我去他屋里看看。我进去了，吓了一跳，屋里地板上、床上、桌上扔了无数揉皱的纸团。都是哥哥写的信。他整个脑袋埋在废纸堆里，还在写呢。见我进去，他朝我瞪了一眼，问我干什么，顺手抓过正在写的信，又揉成了一团。

不多久，他们和好了。嫂子来家里看哥哥，哥哥送她回去，哥哥骑摩托，表嫂骑单车。哥哥就一路慢腾腾地跟了十多公里路。

我妈看不下去了，说赶紧结了吧，再不结，光是油费都付不起了。

结婚那天，大概是哥哥这辈子笑得最多的一天吧？

就在那天，两家人竟然因为彩礼吵起来了。嫂子家非要一辆单车。家里为筹办婚事，钱都花光光了，哪里还有钱买单车？就说我们家里不缺单车啊。嫂子的爸妈怎么都不肯不答应，一气之下，哥哥跑了。过了不到两小时，哥哥竟然把一辆崭新的单车送到嫂子家,扔下后,饭都不吃就回来了。嫂子一下子哭了。

哥哥哪儿来的钱?我想不明白。几天后,我才听说,哥哥跑到县城,跟人打了几把牌,赢了钱了。

然而好景总是不长。结婚后不久,哥哥就迷上了赌博,打牌,打麻将,买彩票,猜字花,还有很多我说不上来的。嫂子反对过几次,还把钱藏起来,没什么用,哥哥借钱也能赌。有过几次,嫂子都被要债的人堵在了门口。

一天黄昏,我回来吃饭,远远地看到家门口,哥哥跨在摩托上,一个人横在他摩托前面的地上,我吓了一跳,赶忙跑过去,一看,地上的人是嫂子。嫂子披头散发,声音沙哑,你有本事就从我身上碾过去,我就不相信你今天有本事赌得成!哥哥大喊,让开!你让不让开!你别以为我真不敢碾过去!远远的有十多个人在看热闹,谁也没劝一句。哥哥两眼通红,头发根根竖起,我扑过去,一把拽起嫂子,摩托轮子擦着我们碾过去了。

我和嫂子抱头大哭。

你说,人和人怎么会变成这样的?

粉色的云缓缓散去,露出一轮即将圆满的月亮。

风一阵阵吹过,地上飞起一些纸屑,飞高一点儿,又落下,又飞高一点儿,恍若折翅的鸟。虽是深夜,并不很冷。南方的冬天就要过去了,春天就要来了。

三、"有一个梦还紧抱住他冰冷的头"

朦朦胧胧地,听到楼下人声喧哗。我从一团雾气般的乱梦里醒来,闭着眼睛继续躺了一会儿。意识一点一点回到身上。这是故乡,这是冬天的最后几天,这是表哥家的楼上……我努力让一些情景回到眼前——

那时候,这栋楼还没装修,二楼很空旷,粗糙的黄木地板,阳光一块一块。我们躲在柱子后的暗影里,紧盯着阳光里的一面筛子,筛子底下支一小棍,小棍连着绳子,绳子在表哥手中。

筛子底下的谷粒金光闪闪!

世界真安静。我们听得到远处的汽车喇叭声,小贩的叫卖声,孩子们的打闹声,还有风声,树叶的沙沙声。一只麻雀停在了窗台,阳光照亮它的全身。我们屏住呼吸。麻雀扭了扭头,像是凝神谛听……麻雀跃下窗台,一跳一跳地靠近筛子。屏住呼吸。阳光耀眼……

舅舅敲门,喊我起床了。

表哥的坟还没砌好。请的石匠到后山去了。我和舅舅要给石匠们送水和别的一些东西。村道上稀稀拉拉有些人在走动。我和舅舅并排着走,一路上有人跟他说话。听说昨晚小谷没了?舅舅嗯一声。你也别太伤心了,病带真了,没办法的。舅舅又嗯一声。

穿过村子,往山上走,空气变得越发清冷了,仿佛有许多根看不见的紧绷绷的弦。枯草凝了一层淡白的霜,在鞋底喊嚓喊嚓响。仄着身子,还是没能躲过小路两旁的油菜花。油菜花肥大的叶片也凝了一层白霜,硕大的花朵则聚了一些小水珠。稍微一碰,水珠就弹到身上,眨眼间,一个小白点儿就消失了。

我大口大口呼吸,吐出一团团白雾。舅舅走在前面,呼吸声比我的还响。他走走又停停,不断抬头望松林,松林后还看不见太阳。山脚的大片油菜地沉在昏晦里,一座座坟头若隐若现。舅舅说,这些坟里埋的,差不多都是他认识的人,他们的年纪都比表哥大。

他死这么早,和他的性格也有关,不单单是因为病。你说,这么多年,他都折腾了些什么?他开店卖过衣服,干了一年,就把店铺倒给别人了;卖过电器,也只干了一年;前些年,兰花热,又忙着种兰花,我还和他到山里挖过。院子里种了几十盆,每天浇水,每天盯着发了几支芽开了几朵花。县城有人来买,有一盆给到三千,他不卖。我说差不多就卖得了,他说,你懂什么?只消三五个月,那盆兰花少说要涨到几万块的。结果呢?三五个月过去了,兰花价钱涨没涨我不知道,但再没人来买过,我劝他去找找之前那人,卖了得了,他仍然说再等等。又过了半年,听说兰花跌价了,多少种兰花的人亏得内裤都没了。他倒是很笃定,说生意嘛,有涨就有跌,有跌就有涨，市场还会好起来的。又过了半年，你说怎样？兰花价格继续跌下去不说，院子里种的几十盆兰花，有一多半都枯了。他管都不管，还得我每天去浇水。他见兰花死了，也不心疼，我也懒得管了。再后来，你也晓得，他又种过香菇。花了大价钱，在家里的三亩地上搭了架子，种了半年，香菇倒是种出来了，可价格也一落千丈，卖都卖不掉。每天几篮子几篮子地往家里搬香菇，院子里是香菇，睡房里是香菇，厨房里也是香菇，就连厕所里，也一大股香菇味儿。家里人见到香菇没有不皱眉的。

这些也就罢了。就像他说的，大概就是命不好吧？可明知道命不好了，为什么还去赌？我是不明白，一个人怎么会把命交到那完全不可知的东西手里。

他赌钱时，我去找过他一次。

很晚了，他还没回来，一家人都候着他。打他手机，他也不接。等到十二点了，还不见回来。我说这么等下去不行，得去找他。去哪儿找呢？我打了手电筒出门，在村子里走。村子不算大，但村路曲里拐弯的，有的人家还在半山坡，我把他常去的几家都走遍了，哪里有人？后来，想起他说过隔壁村的一个人。没有路灯，真是太黑了，电筒光就像萤火虫一样。到了那人家，果然，在大门外就听到搓麻将的声音。我推了推门，门没关，进去后，看到堂屋里还聚着七八个人。有的光着膀子，吆五喝六的。小谷也在里面，背对着我，低头看牌，左手不停地捏成拳又张开。他赢了一局,又赢了一局。没想到他是在赢钱。我站在暗处,差不多一刻钟,哪个都没发现我。我没喊他,出门回家了。我想,他也是想赢几块钱用用吧。——我竟然这么想!

第二天天还没亮,听见脚步声,我晓得他回来了。

我打开门房门,瞅着他,说赢钱了?他笑,说,是赢了几块。又说太困了,先睡一觉。他进房里去后,我在天井里站了一会儿。

一直睡到小晌午,他才起来。瞧得出他很高兴,吃过饭后,他来到堂屋里,当着一家人的面,拿出一个方便袋,里面全是钱。一百一百的好几捆,还有五十二十的一堆。他说,那七万多块钱是他头晚赢的。我们从来没一下子见到过这么多钱,自然是吃惊得不得了,又欢喜,又担忧。他安慰我们,说不用担心,又不是偷来抢来的,是正大光明赢来的,怕什么?他随手拿出一叠百元大钞,塞给我,说是给我们做家用。多少年了,他头一次说要给家里钱,我没要,说要他自己存起来。一家人,钱放在哪儿不一样?

后来啊,我真是后悔得要死,那时候就该接起那一大叠钱啊!

这辈子,也就这一次,我差点儿享他的福了。可我不惜福——

吃过晚饭,他又去赌了。我没去找他,心想行行出状元,赌钱翻了身的,也大有人在。说不定他又赢回几万块钱呢?第二天,他没回来,第三天早上,他回来了。我开门出去,瞅着他,说又赢钱了?他没理我,径直进屋去,关上门时说,睡一觉再说。等他醒来吃过饭,我们才知道,那七万多块钱全输出去了不说,还欠下了两万多块钱的债。

生病后,他常对他儿子说,他是不会享他的福的。好几次,我让他督促儿子好好读书,他都是这句话。他只想着把种子撒下,从来不问收成。

死这件事,他准备了十来年了。大概他都觉得,准备得有点儿长了。这十来年,他从来没想过怎么好好活,都是想着怎么死。他确定了这件事后,赌得更厉害了,我后来还见过几次他在灯下赌钱的样子。越来越狰狞了。我简直怀疑,那灯下坐着的,不是人,是鬼。我忽然明白了,他想要钱,要特别多的钱,不是为了拿钱去做什么,仅仅只是想要钱。

四、"从大地的心脏"

大地的胸膛被剖开,掏出褐色的骨头,红色的肌肉。伤口越来越大,也越来越深。四五个石匠围绕这伤口挥汗如雨。后天,他们将会把一颗黑暗的心安置在这伤口里。伤口很快便会愈合,只在平地上留下一个小小的结痂。

我帮不上什么忙,袖手看石匠们干活,胡思乱想。

石匠们停下来喝水时，才发现，茶杯带了，竟忘记带茶壶了。

我自告奋勇回家取，又犹豫了一下，还是得回去。太阳升起来了，阳光穿透松林，被松枝切开，犹如一块一块清爽的豆腐。穿过阳光和树影，脚下青苔发出轻微的声息，松脂的气味若隐若现。翻过松林，眼前便是油菜地了。初升的太阳，柔嫩的阳光，油菜花黄得惊心，热闹。我听得到那些浓得化不开的黄色发出的窃窃私语。站在黄色的边沿，屏息听了一阵。忽然让一切声音沉寂下来的，是那些长满草的坟头。忽然的阒寂，仿佛整个世界往后退了一大步。我恍若站在很远的地方，眺望这一片阳光下的黄。

预想中的恐惧，刹那间消弭了。

走在油菜花地间，心底一片澄明，身边的坟头一个一个，安静如许。

从两个坟头间拐过，远远地看到表哥走过来了。我停住脚步，感到心跳了一下，又安妥了。我等他走近。他也看到我了，却并不着急。他手上拎了一把茶壶。白瓷茶壶，晃动着一个白亮的点。阳光直直照在他脸上，看不出他的表情。白毛巾搭在他的肩头。走了一段路，他停下来，用毛巾擦了擦脸。他看起来很累。

我一句话不说，等他走上来。

几十米的一段山坡路，他走走停停，差不多花了十分钟。他总算走到眼前了。眼窝深陷，脸如金箔，汗水一滴一滴地流向下巴。他又抓过毛巾,擦了擦脸。谁也不知道说点儿什么好。

风一浪一浪吹过,油菜花香吹到心里去。

鸟鸣一声一声,婉转清凉,喔哦——喔——

表哥转身朝西边走,我迟疑了一下,慌忙跟上。他两手背在身后,白瓷茶壶拎在手上,茶壶盖一掀一掀的,磕碰着壶身,叮叮叮响。我盯着茶壶,一个让人眩晕的白亮光点,脚下高一脚低一脚。鹅黄的油菜花纷纷退却。

眼前是一片用空心砖圈起来的空地,空地散乱地长着十多株大树,树高六七丈,树干并不笔直,相互倾倒倚靠,枝叶婆娑,嫩叶是红色的,老叶上会长出黄色的鸡冠样的小包,里面住着小虫子。小时候,表哥常带我到这儿玩儿,摘下那些鸡冠,看里面的小虫子。这树我们叫作小公鸡树,学名是什么,一直不清楚。大树中间,有一座小小的神龛,供奉了山神和土地。我们有时候会把摘下的"鸡冠",放在他们面前。

我们坐在油菜地边,一言不发,可以望见闪动着阳光的树冠。越过树冠,可见不远处的小河。河水波光潋滟。听不见水声。

"表哥,你还记得吗?小时候我们老到这儿玩儿。有一次,我们为鸡冠里的虫子是不是一家,还吵起来了。我说,它们挤在一个鸡冠里,肯定是一家。你说也有可能几家挤在一起啊,还有可能,哪一家的人多,要分开住几个鸡冠。我怎么都说不过你。"

表哥面无表情。

"我们还常到那小河里捞鱼。说是去拔草,每天吃过早饭背了篮子出门,却总拐到河边去。卷了裤脚下到河里,河水真凉啊。那时候是冬天还是春天?河边好像也和现在一样,开满了油菜花。河底尽是鹅卵石,阳光一照到底,鹅卵石上的青苔都清清楚楚。鱼就在鹅卵石间。乍一看,动也不动,如停滞了的一条条水草。手伸过去,小鱼倏地游走了。水从指缝间漏下,每一滴水珠都闪着光。河里最多的,并不是鱼,是一种蝌蚪,很大的蝌蚪。我想,那应该是牛蛙的蝌蚪吧?谁知道呢。那时候,我们只觉得它比小鱼肥大,抓到了更有成就感。它们不像鱼一样悬在水中,而是紧贴在鹅卵石上。手凑过去,两手猛然合拢,它们便逃不掉了。我说,它们可比小鱼笨多了。你说,怎么能这么说呢?鱼和蝌蚪又不是一种东西,怎么能说谁笨谁聪明?况且,容易被抓到,就是笨吗?"

"小时候,我们总是争论不休。你比我大七八岁,却也从来不让一让我。"我笑一笑,瞥一眼表哥,他只是僵僵地坐着,青苔爬到他脚上了。他直视前方,却似乎什么都没看见。

"我上大学后,我们越来越少说话了。是因为生病吧?记得你是在我大一那年得的病。也有可能之前你就得了,是我知道得晚了。我从上海回来,到家里玩儿,看到你坐了一把小板凳,在院子里烤太阳。半年不见,你胖了一大圈,脸都肿了,眼睛陷在肥厚的肉里。我差点儿喊出来。后来才知道,是因为吃了药,你才变成那样的。我们寒暄了几句。你没像许多人那样,问我上海大不大,高楼多不多,女孩漂不漂亮。你淡淡地说,吃过饭后,带你到县城买双鞋子吧。我们去了,看了好多家鞋店,每一双合适的鞋,都在一百块以上。你不停地咂嘴。我说算了吧,我又不是没鞋子穿。我们走出鞋店,回到街上,街面似乎一下子变得宽广了。路过一家冷饮店,你买了个雪糕递给我。你说你好久没吃这东西了。我们咬着雪糕,走在冬天阳光耀眼的大街上。不知道怎么的,我一直记得这个画面。

"回家后,你仍然坐在院子里烤太阳,和你说话,你总是懒懒的。我提议出门走走,你没去。我还是出门了,和你十来岁的儿子。我和他来到河边,我们没到河里捉鱼,我和他说了,好多年前我和你在河里捉鱼的故事。我以为他会提议,我们也到河里捉鱼吧。并没有。"

表哥的身子动了动,仍然不说话。

"那以后,我们再也没争论过了吧?哦,不,还争论过一次,是两年前吧?还有半年,我就要工作了。我读书那些年,你的病好好又坏坏,那阵子,情况仿佛有所好转了。我们吃完了饭,看到餐桌下,有几只黄褐色的小蚂蚁,费尽力气,在搬一粒饭。争论就是从这儿开始的吧?你对着那几只蚂蚁自言自语,来世做只蚂蚁,可比人快活多了。我说,怎么会快活呢?人不扔下饭粒,它们到哪儿搬去?这么活着,不过仰人鼻息。你说,你怎么这么狭隘?没有人,就没别的动物了?我说就算还有别的动物,它们不也得靠着别的动物活着?你说,难道人就不是靠着别的活着?我说人会劳动,动物不会。你说,你这就更狭隘了,你说什么是劳动什么就是劳动啊?既然活着,都在劳动。不劳动,怎么能活着呢?那时候,我这个大学生,恨不得马克思附体,恨不得好好地跟你讲一讲,什么叫做劳动,人又是如何区别于动物的。但我没说什么,只是很鄙夷地笑了笑,说,这么说你是真觉得蚂蚁快活?你又不是蚂蚁,你怎么知道它们快活?——事实上,这不过是耍了庄子的旧把戏,而我竟然那么得意。不料,你说,照你这么说,你又不是我,你怎么知道我不知道蚂蚁的快活?停了一下,我说,那你就去做蚂蚁吧。你也停了一下,讪讪地笑,说,没准儿我现在就是蚂蚁,你又不是我,你怎么知道我不是蚂蚁呢?我说,原来你把自己当蚂蚁啊。你又讪讪地笑。

"那天的争论如果到此为止,还算是无伤大雅吧?后来是我多嘴,我说,你不觉得自己活得跟蚂蚁似的,很没意义吗?——我为什么要问这话呢?那时,其实我也在想,活着对我来说,有什么意义呢?——我活得好好的,只是因为快要离开学校进入社会了,找工作不顺利罢了。读了二十来年书,原来毫无用处!但这不过是不值一提的小情小调吧。你似乎一下子看透了我的心,扬了扬眉毛,说你觉得自己活得很有意义?我一时语塞,厚了脸皮说,那总比你活得有意义吧?你想想你这辈子,就跟蚂蚁似的,塞在这么个小地方瞎折腾,折腾出什么了?

"我竟然说出那样的昏话,真是不知好歹。你当时竟然只是笑了笑,并不生气。你是真的不生气吗?"我有些胆怯地瞅一眼表哥。

表哥脸上又露出了当初一模一样的笑。青苔慢悠悠地、不可避免地爬上了他垂在膝盖前的手背后，又一点儿一点儿地爬上了他的胸口。

"还记得吗？你当初怎么说的。我记得你说，满世界跑，难道就不是瞎折腾吗？满世界跑，难道就算有意义了？再说，什么叫做意义呢？你觉得蚂蚁活得有意义吗？如果你认为它们活得没意义，那它们为什么会活着？无意义的东西为什么能够活着？！

"你一口气说完，大口喘息着，脸皮发紫，脖子上的青筋一根一根地暴起。我这才想起，你是个病人，我怎么能跟一个病人争吵呢？我并没被你说服，只是有些同情你，或者说怜悯你。我说那好吧，管他意义不意义的，活着就行。你不答话，低头喘息。我耐不住那沉默似的，又补充说，不过，我永远不会成为你这样的人。我说这话很平静，却是恶狠狠的。你想必知道，我从不同人口中，听说了你赌钱的事儿。我对此真是深恶痛绝。

"这次，你并不恼，大概是力气用光了吧？你又喘了几口气，近乎慵懒地抬起头来，笑笑地瞅着我，说你这么肯定吗？你不知道吧，人都会成为自己特别厌恶的那种人。我很不屑，这话说得够无赖的，人为什么要成为自己特别厌恶的那种人？你又淡淡地笑了笑，说世界上有无数种人，为什么每个人都有自己特别厌恶的一种人呢？就因为这人本身就有变成那种人的潜质，他怕自己变成那种人，所以提前就会厌恶那种人。但厌恶又有什么用呢？越是厌恶，就证明他越靠近那种人，因为那种人一直在吸引着他。越是厌恶，证明那种人对他的吸引力越大。慢慢的，他也就在自己的厌恶中变成了那种人。

"我真够吃惊的，你竟然能说出这样一番话来。我虽然觉得你说的是毫无道理，却一时不知道该如何反驳你。半响，我才很无力地说，这么说，你本来是很厌恶赌博的了？你又很轻蔑地一笑——我恨透了你这样的笑。你说，不，你从来不厌恶赌博。你只是厌恶自己做不到愿赌服输。终于，我看到了你最脆弱的一点，我真是够残忍的，我盯着你，一字一句地说，难道你还想赢？话一出口，我感觉心里轰然一声，有什么东西碎了。

"你低头看蚂蚁，蚂蚁们已经把饭粒搬很远了，正想办法怎么拖拽着饭粒下台阶。我感觉得到，你盯着它们的目光有一种疯狂的贪婪和力量。但你并没站起来，去帮它们一把。你一动不动地坐着，和身下的松木椅子连成了一体。忽然，蚂蚁们连带饭粒，一起滚下了石阶。你一惊，还是一动不动，稍许，叹息一声，目光抬高，望向对面的瓦房。瓦房顶上蔓生着瓦松，它们正开出灯笼似的小花来。"

此时，青苔已经爬上表哥的下巴，很快，整张瘦削的脸就被攻占了。紧接着，他整个身子都被青苔吞噬了。他又死了一次。

"人这辈子，就是这样吗？"我心如死灰，喃喃自语。

——不知道哪儿传来一声表哥的叹息。

青苔纷纷抖落,表哥竟然站起来了!他拎了白瓷茶壶,转身朝山上走,我收拾起惊讶,慌忙起身,顾不得两腿麻木,很吃力地追上去。他越走越快,我跑得气喘吁吁。连他的脚后跟都看不见了。白瓷茶壶在远处,反射耀眼的白光,壶盖敲击壶身,叮叮叮响。我连爬带跑,还是追不上。那白光,那声音,都越来越远。我喊表哥,喊不出声。转眼之间,发现自己陷落在一条幽暗陡峭的路上,什么都看不见,什么都听不见,除开那一点儿遥远的白光和那一点儿缥缈的声音。我哽咽着,跑啊跑,跑啊跑,跌跌撞撞,趔趔趄趄,仿佛从出生到现在,我就一直在这么奔跑,没有尽头没有终了地奔跑。知道追不上了,我仍旧拼命追上去。

呼隆一声,脚下一空。

"哎哟,小心点儿啊!"

我正坐在石匠们挖好的墓坑里。四壁和身下,是南方高原鲜红的砖红壤。我两手撑住湿漉漉热乎乎的红土,站起身来。头顶刚刚高过墓沿。我看到几双巨大的脚立在眼前。

侏儒

……又南三百里，曰耿山，无草木，多水碧气，多大蛇。有兽焉，其状如狐而鱼翼，其名曰硃獳，其鸣自叫，见则其国有恐。

——《山海经》

一

小寺上方的天黑下来了。

我们在大人们的腿间窜来窜去，看杂技团表演胸口碎大石、空瓶取火、猴子比武、刀枪入口、断肢再续……各种意想不到的把戏，令我们神魂颠倒，如痴如醉，如梦如魇，坠入了一个深不见底的漩涡。夜深了，由于电压不稳，竹竿顶端悬着的白炽灯忽明忽暗，如一只打瞌睡的眼，但我们谁也没离开的意思。

"父老乡亲们，时候不早了……"那个干瘪的老头儿又站出来了。他朝众人扫了一眼，叹了一口气，"想必大家饿了，就给大家表演最后一个节目吧。这个节目叫……嘿嘿！"老头看看我们,细着眼睛似笑非笑。"好了,大家往后退一退吧,让出的地方越大,变出来的东西越多!"说完,自己也朝后退去。我们虽不知道要变的什么,还是纷纷朝后退。

表演胸口碎大石的壮汉,不知从哪儿拎出一只黑布罩住的笼子。笼子和我们一般高,放到场子中央,揭去黑布罩。嚯!铁条笼子里站着一个男人呢!那是我这辈子第一次见到侏儒——当然,这词是后来听大人们说的。侏儒两手抓住铁条,让半张脸挤出缝隙,冲我们无声地笑,露出一口又黄又黑的大板牙。

"他还没我高!"

"他为什么被关在笼子里?"

"他会变成鸟飞走吗?"

"有笼子呢,他就是变成鸟,也飞不走哇!"

他似乎并不在乎我们的议论,只是一个劲儿地绕着笼子转,一再把脸挤出缝隙,一再滴溜溜地转动眼珠子。他并没有要出来的意思,相反,似乎是想要把所有人吸进笼子里去。我们都下意识地朝后退了两步。

"给大家表演表演吧。"老头有气无力地说。

"那不行,得先给我点儿吃的!"他嬉皮笑脸地朝老头嚷。

我们都笑了。

不知道谁,在人群里喊,"我这儿有包花生,要不要?"侏儒一只手伸出笼子,"行啊行啊,快拿过来!"很快,那包花生米传到了他跟前,他一把抓过,撕开纸袋,仰起头,哗啦哗啦把花生米朝嘴巴里倒,那嘴巴是个无底洞,只见喉结一上一下,整袋花生就没了。他倒了倒纸袋,有点儿失望地低下头,扔了纸袋,摸摸嘴巴,朝众人嘻嘻笑。

"还有吃的吗?"侏儒两眼灼亮,盯着众人。

没人再应声。

老头伸出旱烟杆,啪啪敲两下铁笼子。

"别磨蹭了!等表演完了,有得是东西给你吃!"

侏儒笑笑,拍拍两手。

"好,就给大伙儿表演一个——空中取食!"侏儒环视众人,见众人没什么反应,接着往下说:"什么叫空中取食呢?就是啊,什么都没有,我能给你变出吃的来。"

"骗人吧!你要能变出吃的,还要我们给你吃的?"

"那是两码事!"侏儒挥了挥他肥厚的小手,"不信也没关系,过一会儿,你们不信也得信!这样吧,你们说,想吃什么?我都能给你们变出来!"

"吹牛吧你!"

"谁信谁是小狗!"

"哎,我想要几十碗上百碗大白米饭,你能变出来吗?"

许多人哈哈大笑。

"快瞧!快瞧!那是什么!"

一切都是从那几十碗米饭开始的。

众人静了一下,轰一声喊。米饭很快被抢光了,地上乱成一团。很多人开始喊,"我要肉包子!""我要肥猪脚!""我要烧鸡!""我要烤鹅!"越来越多的陌生的事物的名称,在我们头顶飘来荡去。不多久,就没人再喊了。我们不知道这世上还能有什么吃的了。

侏儒盘腿坐在了笼子里,两手搭膝盖上,微微笑着,看着众人。他这神态似乎告诉我们,一切都在他的预料之中。有人朝笼子挤去,被老头推了出来。

"你们要变什么,一样一样说嘛。"侏儒始终微微笑着。

又一阵嚷,许久,总算议定了,有人大喊:

"烧!全!羊!"

没几个人听说过这是什么玩意儿。我们那地方很少养羊,能有几个人能知道烤全羊是什么呢?说完了,我们都感觉自己太贪了,竟然敢要自己都不知道是什么的东西!就有些不好意思地望着侏儒,生怕他勃然大怒。他却仍然那样盘腿坐着,微微含笑。

"要一只,还是几只?"

"还能要几只?"大家松了一口气,又嚷开了。"竟然还能要几只!"

"三只!五只!十只!……"

忽明忽暗的灯光下,我们看到无数大人扭曲的脸,如一张张面具,在灯光中漂浮。

"按说嘛,既然变了,就该给每个人变一只,但你们这地方,你们自己瞧瞧……"侏儒两手平摊,做出无可奈何的样子。"我看就是两个人三个人一只,这地方也够呛。就五六个人一只吧！大家再往后让一让。"

有人朝前涌，又被身边的人拉着朝后退。人如波浪，喧嚷着，奔突着，进三步退两步，退两步进三步，终于站定了，就都盯着铁笼，盯着铁笼后那个人。

忽然，竹竿顶端的白炽灯灭了。

尖叫声此起彼伏，尖叫声中，有另一种更强大的东西也在此起彼伏。嘘！很多人在黑暗里喊，嘘！嘘！是香！"是烤羊肉的香！"有一个人喊。"烤羊肉香！烤羊肉香！……"我们其实并不怎么清楚烤羊肉的香是怎样的香，却也跟着喊。喊声越大，香气越浓；香气越浓，喊声越大。香气变成了浩瀚的大水。我们在黑暗里挥舞着手臂，如同水里挣扎求生的人。我们仰着头，快要给憋死了。我们用尽最后一丝丝力气，上气不接下气地哭泣。泪水咕嘟咕嘟涌出来，汇入香气的汪洋大海。

忽地，白炽灯异常耀眼地亮了。

浩大的光明里，一只一只烤全羊在地上金黄着，俯卧着，等待着。

我们没法相信所见的是真的。

灯光一圈一圈地落下来，紧箍似的圈住每个人的脑袋，脑袋硬生生地疼。这迟疑并不长久。轰一声，许多只眼睛，许多张嘴巴，许多双手，瞻前顾后，顾此失彼，扑向那些静默的羔羊。谁都没注意听，那些充血的喉管里发出的嘶喊。——许多年后，我们再回想这个令人疯魔的夜晚，一切反倒是静默无声的。没有一个声音，能够让我们想起。

我们也想不起来,那些沉默的羔羊,是如何呼啸而去的。

头顶的白炽灯忽明又忽暗,地上除了石头,空空如也。就连早先那些白米饭,都不知道去了哪儿。谁吃了那些米饭?烤全羊呢?又都去哪儿了?我们你看看我我看看你,由质疑、争吵,继而大打出手。院子被抹掉了声音,只能看到地上的影子乱成一团。

纷乱的中心,那只铁笼岿然不动。

站在笼子旁的老头似乎在喊。我们只看到他挥舞着瘦骨嶙峋的手,嘴巴一开一合,一合一开。没人理会他。他却也似乎并不怎么着急,站在笼子旁,冷眼瞅着这乱局。终究是夜深了,离上一次吃饭已经好几个钟点了。接二连三的,有人累得动不了手了。镇上的几百男人女人,坐在地上呼呼喘气。

"老乡们!老乡们……"声音忽然又有了。老头朝虚空里按了按手,"你们不要争了,忘了告诉你们了。这呀,都是障眼法!你们看到的米饭、烤全羊,全是障眼法!哎呀,都怪我事先没告诉你们啊!都怪我啊!"

障眼法?!那香气怎么解释呢?

总之,没人相信老头的说法。

老头重又用黑布罩盖住了笼子,笼子重又被壮汉拎到后面去了。笼子在他手里,轻飘飘的和鸟笼并无两样。笼里真有个人?当下就有人怀疑。这样的怀疑,在第二天第三天愈演愈烈。——是的,杂技团被我们镇留下来了。

杂技团的老头说,他们打算一路表演,直到东方海边。为什么要到海边？老头说，到了海边，就不愁吃不愁穿了。见我们露出狐疑的神色，老头又说，他们老家接连遭了虫灾和旱灾，活不下去了，才出远门找口吃的。我们的狐疑简直变成恼怒了！这是赤裸裸的谎话嘛！有那么个什么吃的都能变的人，他们还会为吃的发愁？镇上的人相信，老头的一切说辞，都不过是为了尽快脱身。我们想尽办法把他们留住就是了。

一天三顿，镇上都让杂技团吃好的喝好的。平时大家舍不得吃的，都拿出来了。可也真奇怪啊，我们再没见到侏儒，也再没见到铁笼。

二

杂技团是第六天还是第七天走的。我们想象着，杂技团走那天，一定会有好戏看。我们事先准备好了弹弓、木棍、铁链。多想大干一场啊我们。可那天，什么都没发生。杂技团的三辆大车缓缓驶离破庙，拐出镇子，车上比来时多装了许多鼓鼓囊囊的麻布口袋。我们知道，镇上好多人家的存粮没了。

那个蒙着黑布的铁笼子呢？

不知谁起的头，我们疯了似的朝破庙跑去。破庙门口站着几个大人，庙门关着。他们驱赶鸡鸭似的朝我们摆手。他们当然挡不住我们。可庙门从里面给闩上了。透过门缝，我们果然看到不远处的大殿里，那个铁笼子放在观音的莲花宝座上，观音倒在地下。

黑布掀开了，笼子门大开，侏儒端坐在铁笼里，似乎闭着眼睛。镇上的好几个男人招财童子似的,团团围绕铁笼,一再对他打躬作揖。寺庙很小,他们说话虽轻,却还是被我们偷听了个八九不离十。

"大仙,这事不能怪我们啊。"

"留下您,那是因为我们敬重您。您的同伴抢了我们的粮食,扔下您就跑了。这可不仗义!您想想吧,是他们对您好,还是我们对您好。"

"老实说,我们是想请您给我们变出吃的来,可这事儿也不着急,您刚变过,体力肯定损耗不少。我们不勉强您马上再变,只要以后我们镇真到难处了……"

"那是假的。"他终于吐出一句话。

"假的?真是假的?"几个人彼此看看,挤眉弄眼的,"就算是假的吧,我们也认了。总之,这事儿您不用为难。"

"真是假的。"他重复道。

"唉,那也没关系嘛。"有个人笑了一下。

"那你们得答应我几件事"。

"您说,只要我们镇遇到难处了,您愿意变出粮食来,什么事儿我们都答应您。"

侏儒似乎翻了个白眼,半晌不说话。

"第一,每天要供给我吃的喝的;第二,不许把我关铁笼里;第三,不许逼我变吃的;第四,即便我变了吃的,你们也不许吃。第五……"他挠了挠头,"暂时就想起这么多,等以后想起了再说。你们可能也听不进去,但我还是想说,你们留下我，吃了大亏了！"

几个人彼此看看，脸上闪过各种琢磨不透的表情，很快又都换上了一副笑脸。

"行，我们都答应你。只要您留在我们镇。"

"既然如此，我也答应你们……那你们还不把笼子打开?!"

大家你瞅我我瞅你，许久，一人才去摸裤腰带，摸出叮呤当啷一串钥匙，又看看众人，众人点了点头，那人方拧开了锁，笼子门一下就被从里面推开了。侏儒倏地站起，不用低头就走出了笼子。他站在莲花座上，大大地伸了个懒腰。

"我要去海边的啊！"

众人仰望着他。

一尊我们从未见过的、黧黑矮小的金刚站立着。——后来，我们觉得他不像金刚，倒像是土地，土地公公。

三

寺门总是用一把铁锁从外面锁住。每天三次，有人拎了一只食盒，打开锁进去。等那人拎了另一只食盒从里面出来，我们一个接一个爬上后墙边的几株老柏树，在三米多高的地方，蜷缩了身子，隐藏在密密匝匝的枝叶背后。

侏儒在院子里。他并没像我们想象的那样，努力朝门缝外挤，也没努力用小短腿朝墙上爬。总之，他似乎并没逃跑的意思。他很悠闲地坐着，被一群叽叽喳喳的麻雀环绕。

我们跨到寺墙上，扒开墙头的覆盆子，一个接一个跳下。我们暗暗较劲儿，看谁落地的声音最轻。噗——噗——我们猫一般落地后，瞅准了那群麻雀，直冲过去，惊得它们叽叽喳喳乱叫，慌乱地朝大殿上方飞去。我们哈哈大笑。

"你在做什么？"我们气喘吁吁地问。

"你怎么乱扔粮食？"

"你真够笨的，他会变烤全羊，怎么会在乎粮食？"

"我没闻到烤全羊的香味啊……"

他坐在大殿前的石阶上，不理我们，只顾低头抛洒饭粒。那儿是一片青石板铺的地面，石板间冒出一团团绿茵茵的马齿苋，零星地开着粉红小花。刚刚几十只麻雀还停留在那儿，现在，饭粒掉进了石板间，没一只麻雀来啄食。

"你们还我麻雀！"他扭过头来，两眼瞪着我们。

他这表情，可不像镇上的大人。我们并不怕。

"你不是会变戏法吗？你把它们变回来呀！"

"小畜生！"侏儒骂道。

我们以为他会追上来的，预先跑开了一截，却只见他仍坐在石阶上。我们复又围拢去。见食盒就在旁边，有人抢过去看，里面油光锃亮，空空如也。

"还说他不吃饭呢！"

"他不会把饭菜都喂麻雀了吧？"

"喂，再给我们变只烤全羊吧！我们都饿了！"

侏儒不理我们，两条小短腿支在地上，眼睛眯缝，觑着远方的云。那云是一朵帽子,稳稳地戴在青山头。我们顺着他的目光,看了一会儿,那朵云也没飘开一点点儿。下午强烈的阳光在云边镶了一圈金边儿,晃得我们睁不开眼。可他一直盯着看。

"给我们变点儿吃的吧?"

"不变烤全羊,变几个馒头也行啊。"

侏儒看都不看我们一眼。我们又吵嚷了一阵,他只是盯着那朵云。

我们跑开了,在寺里闹腾。

小寺是我们熟悉得不能再熟悉的。两进的院子,四五间房子,房子里的佛像都是村里人自己塑的,被我们爬上爬下不知多少次,有的断了手,有的断了脚。还有一次,不知道谁在观音怀里拉了一泡屎。只有过年时,镇上的大人才会来拜一拜。过后,又是一院冷清。这几年,镇上年景不好,来的人越来越少了。长年累月,寺里除了佛像,就只剩下我们了。

我们发现铁笼,就在莲花宝座的后面。

笼子门开着,随时欢迎我们进去似的。我们你看看我,我看看你,推挤着,让对方进去看看。谁都不敢进去。又都想让别人进去。待在笼子里,会是什么感觉?看到的世界会不一样吗?闹了半天,谁也没敢进去。铁笼子,如一张孤零零的大嘴,似乎只要进去了,便再难全身而退。可我们哪肯就此罢休。商议后,决定排好队一个一个进去,大的先进去,小的再进去。谁跑谁是孙子。就这样,我们如同囚徒,一个一个走进笼子，再一个一个走出来。待在笼子里，似乎这世界一下子变大了，而我们无能为力。这种感觉真够糟糕的。

可怕的是，走出笼子后，我们仍感觉自己待在笼子里。

月亮升起来了。我们才翻上高墙离开。坐墙头回头望，侏儒仍旧坐在大殿前的石阶上。月亮在他身后，月亮下的大殿屋顶，有一片枯草在瑟瑟地颤抖。

我们一天天到寺里去，侏儒始终寡言少语，永远就那么坐着。好几次，我们躲到大殿后看他，只见他盘腿静坐，许久，朝地上扔下几粒米饭，不多时，一群麻雀灰扑扑地掠下，一跳一跳地啄食。麻雀越靠越近，他仍只是树桩头似的呆坐着。麻雀跳到了他的腿上，顺着他的手往上蹦，最后停在他的肩头，有一只麻雀甚至跃上了他的脑袋。

四

我们看到几个大人进寺里去了。

我们赶紧爬上老柏树，藏在枝叶后，注视着寺里的一举一动。侏儒仍旧坐在石阶上，一个人把食盒递给侏儒，侏儒并未去接，那人便把食盒搁在了侏儒身边。

"大仙，您看，这么久了……"一个人嗫嚅着。

侏儒不说话。

"大仙，我们待您不薄啊。"

侏儒不说话。

"大仙，不是我们逼你……实在是……您不知道，镇上年景不好……"

侏儒不说话。

"大仙,您说句话嘛,究竟答不答应?不用您变别的,只消变点儿粮食……当初,我们是答应过,可此一时彼一时。算我们混蛋,算我们不是东西!可你不能眼睁睁看着镇上那么多男女老少挨饿吧?"

侏儒抓过身边的食盒,打开盖子,捻出饭粒,扔到不远处。一只麻雀,两只麻雀,三只麻雀,从大殿屋顶上掠下,偏着脑袋,打量了一阵侏儒和几个大人,试探着啄了啄饭粒,又抬起头来,打量着他们。侏儒又捻出几颗饭粒,朝它们扔去。

"你这不是存心……"

一个人拉了拉说话人的袖子。

"你考虑考虑吧!你今天不想说话,我们就先走了。"

侏儒不说话。

他们又站了一阵,转身走了。

寺门外的铁链喤啷喤啷响了一阵,门锁上了。

五

渐渐聚到寺里的鸟儿,除了麻雀,还有斑鸠、红臀鹎、点水雀、屎咕咕、绿豆雀、红头长尾山雀、绿背山雀、棕背伯劳……很多鸟的名字,都是侏儒告诉我们的。我们第一次知道,点水雀的大名是白鹡鸰;屎咕咕有个好听的名字,叫做戴胜。

风一阵一阵轻轻地吹动,老柏树的枝叶飒飒发响。

地上的影子揉成一团,又铺成一片,光嵌在影中,影融进光里。鸟儿们长的声音,短的声音,浑圆的声音,碎裂的声音,交织成一件五彩的大氅,裹住了沉默寡言的侏儒。侏儒一动不动地盘腿坐着,鸟们跳到他腿上、手上、肩上、头上。过了一时,侏儒缓缓地伸出两条腿,缓缓地站起,鸟们扑闪着翅膀,却并未离开他。

侏儒站立在大殿前,恍若一株开满花的老树。

过去,我们都是抓鸟的好手,用弹弓打,用覆盆子长满刺的小枝从墙洞里掏,或者上树,或者攀岩,总之要把鸟雀弄到手,再烤熟了,塞进嘴里。此时,目睹侏儒被千百鸟雀环绕的奇观,我们却动也不动一下,浑身的力气似乎都被抽空了。我们只是看着,呆呆地看着。光影晃动,那些鸟也在晃动,它们是光影的一部分。

忽地,鸟们收敛翅膀,竖起脑袋。

寺门外的铁链喤啷喤啷响。

如无数箭镞,鸟们嗖嗖射向天空。

几个大人鱼贯而入,看到我们,一个个拉下脸。

"小兔崽子们,怎么进来的?!"

"你们干什么来了?一个个皮痒!"

我们仍旧呆呆立着。眨一眨眼,眼前是那无数翅膀交织成的斑斓画面;再眨一眨眼,眼前是一片光明,又一片黑暗,再一片光明。

有人拍了我们的后脑勺一把。

"小兔崽子们!装什么傻?"

我们惊醒过来,看看侏儒,看看大人们,一低头,一扭身,从他们身边逃掉了。当然,我们并未跑远,就躲在大门外。

"大仙考虑得怎样了?"一个大人说。

侏儒不说话。

"大仙,你用粮食喂鸟,我们不反对,可你要晓得,你喂鸟的粮食,可是我们镇上的男女老少一口一口省下来的。我们都没吃饱,你倒好,都用来喂鸟了。"

侏儒抬头望天。

"大仙,你说你又何必呢?我们留下你,就算是我们不对,可我们也没什么坏心吧?我们当初是答应过你一些条件,那不是怕你不留下吗?如今你留下了,也知道我们的心意了。我们无非就是想求个温饱,你给我们变些粮食,对你,也没什么损伤呀。"

"假的,那些都是假的。"侏儒喃喃自语。

"怎么会是假的呢?我们亲眼所见……"

侏儒不说话。

"大仙……你就行行好吧。"有个人连连作揖。

"假的……"侏儒喃喃自语。

不管那些大人说什么,侏儒始终是这个姿势这句话。他们就有些恼了,有人指了侏儒的鼻子骂:"假的?!你糟蹋我们的粮食,总不是假的吧?!"

侏儒垂下头。

六

鸟的秘密,终究被大人们知道了。

那时候,聚拢到寺里的鸟更多了。起初,我们还能指认哪一只是红臀鹎,哪一只是红头长尾山雀,哪一只又是棕背伯劳,很快,我们的眼睛便被纷乱的翅膀迷乱了,耳朵也被缭乱的叫声迷乱了。我们只能呆呆地看着,看越来越多的鸟飞来,飞来,一只只箭镞,从不知道是何处飞来,毫不迟疑地扎到侏儒身上。侏儒始终沉默着,表情平静,似有隐约的笑意,认真一看,却又看不出丝毫笑的痕迹。阳光猛烈,打在他的黛黑的脸上,那张脸泛着一种幽深的静谧的光泽。

渐渐的,侏儒浑身都被鸟挤满了。

只剩下那张脸。此时,那张黛黑的脸明亮如金,整个是一只硕大的眼睛,幽深、静谧地注视着什么地方。我们不敢和他对视,只要稍稍看一眼,浑身便浮动了一层鸡皮疙瘩。啊!我们在低低地发出呼喊,呼喊如雷暴,在心中翻滚,却没法让嘴唇动一动。

我们以为是眼睛花了,努力定了定神,才看清楚,是侏儒在动。慢慢地,他伸展开双臂。慢慢地,慢慢地,他前后移动着双手,双手上的鸟们缓缓扇动着翅膀。慢慢地,慢慢地,慢慢地,那双手移动得越来越快了。我们看到一只扇动着翅膀的大鸟!

那确实是一只大鸟!

每一只鸟,是他的一片羽毛。

看见大鸟的脚渐渐离开地面,我们惊讶得长大了嘴巴,嘴里发出嘶嘶的声响。呼呼的风只吹到我们脸上,我们简直要睁不开眼睛了。

"他要飞了!"我们终于喊出声,声音里带着哭腔。

"要飞了!要飞了!要飞了!……"

我们真要哭出来了。

就在这时候,不知道躲在什么地方的几十个大人们,一拥而上,张开双臂,罗网般朝侏儒扑过去。拽脚的拽脚,拉手的拉手,按头的按头,侏儒哀声大作,鸟雀吱喳乱鸣,人在扑腾,鸟也在扑腾。人实在太多了,一层一层,罗网密织,侏儒逃不出去,鸟们也飞不出来。乱战之中,只见万千鸟毛带着血珠子,从肉体的罅隙中溅出,如失了力道的箭镞,在猛烈的阳光中纷纷坠地。阳光猛烈,血色鲜艳。

许久,哀鸣渐止。人群散开,侏儒眼神涣散,呆坐地上,满头满身胡乱扎满了鸟毛,脸上有血,不知是鸟的,还是他的,抑或是别人的。

一层厚厚的死鸟,铺在侏儒身边。

一层厚厚的带血的鸟毛,铺在死鸟之外。

带血的鸟毛之外,是一群大人。他们身上也插满了鸟毛,如同一头头饥饿的野兽,眼睛都赤红着,仿佛尚未燃尽的炭粒。他们每个人的手里都抓了几只鸟。那些鸟衣冠不整,神情颓丧,我们认不出它们是红臀鹎,还是红头山雀,又或者是棕背伯劳了。

大人们开始打扫战场,他们收拾起死鸟,满满当当地装了十几只麻布口袋。我们以为他们忘记了鸟毛,不料他们把鸟毛聚到一起,点了一把火。

火苗舔舐着鸟毛,鸟毛呲呲响着,卷曲着,发出刺鼻的气味,冒出一大股黑烟。我们顾不得捂住口鼻,仰望着黑烟。黑烟无声扭曲,翻转,慢腾腾地往上飞升。我们想象着那是一群鸟,一群有着黑色羽毛黑色眼珠黑色脚趾的鸟。鸟们晃晃悠悠,飞出了我们的视线,只留下难闻的气味。我们低下头,几乎要呕出来。

小山似的一大堆五颜六色的鸟毛,转瞬间,便只剩下一堆锅烟子似的碎末。

侏儒瘫坐在一片鲜艳的鸟血中央。

七

我们从来没想过,鸟肉有这么多种吃法。

煎炒烹炸溜,熬烩焖烧扒,十八般武艺,我们样样精通。我们和镇上其他人一样,一天三顿饭,都在吃鸟,吃鸟,吃鸟!大家聚在一起,都在说鸟,说鸟,说鸟!不知道谁最先发觉的,当我们谈论鸟时,一股强烈的怪味从嘴里溢出。仔细一闻,不是鸟肉味儿,是鸟屎味儿!镇上男女老少,无一幸免。

每个人都是个鸟类移动厕所。大家不敢再说话,见面了,要么点头,要么摇头。可那鸟屎味儿,仍旧无法遏制地从对方的眼睛、鼻孔、毛孔里渗出来,张开一只精瘦的鸟爪,紧紧抓住你,叫人无处可逃。

听说镇上给侏儒送去了做好的鸟肉,不知道他有没有吃。

八

差不多半个月过去了,我们才到寺里去。寺门仍旧锁着。绕到寺后,攀上那几株老柏树,在枝叶间躲了好久。院子里的石板地砖被磨得锃亮,在耀眼的阳光下,光亮如水,水光潋滟。没看见侏儒。我们一动不动地伏在树上,有种晕船的感觉,又不敢贸然下去。

在怕什么呢?我们说不上来。

老柏树的影子在地上缓慢移动,悄无声息地爬上东面大殿前的石阶。

一个人影慢悠悠地从大殿内晃出,慢悠悠地坐在石阶上。是侏儒。侏儒是黑色的,石阶是红色的。老柏树的暗影缓缓向石阶上爬。我们看不到侏儒脸上的表情。他没像往日那样朝地上抛洒饭粒,只是静静地坐着。

我们听不到一声鸟叫。远的、近的,什么都听不到。

又待了一会儿,我们被尿憋得不行了,才壮了胆子,一个个跳进寺里。

"不是我们说出去的……"

侏儒摆一摆手。

"我们也不晓得,他们躲在寺里……"

侏儒又摆一摆手。

"别说了,你们……"

我们赶忙闭了嘴,猛然意识到,嘴巴里的鸟屎味儿尚未消退。

静静地,没人再言语。侏儒看天,我们也跟着看天。天上没有一只鸟,也没有一朵云。蓝得肆无忌惮的天,轰响着无尽的光明。

"你们见过海吗?"侏儒说。

"海?什么叫作海?"

"海啊,就是很大的水。"

"有多大?"

"很大很大,"侏儒若有所思。

"你见过?"

"没见过。但我知道海应该是怎样的。"侏儒狡黠地眨一眨眼。

"那你问海做什么?"

"我要去海边……"

"那儿不愁吃,不愁穿?"我们想起杂技团老头的话,笑了。

"不单是那样。"侏儒很认真地说。

"那还有怎样?"我们忍住笑。

"你们究竟知不知道怎么去海边嘛?!"

"我们连海是什么都不知道……"

"不对,"我们中有人喊,"我们这儿是有海的!"

"你梦见过吧?"

"往东翻过两座山就是,我听奶奶说过,那儿有个大海子,大海子不就是海吗?"

"大海子就是海吗?"我们有些疑惑。

大海子是我们每个人从小就听说过的。据说,那儿每天黄昏时候,就会从很深的出水口游出一只金鸭子,比平常鸭子小一些,不会叫,只静静地傍着岸边游。砍柴的割草的人见了,伸手去够,那鸭子游远一些,折了树枝去够,那鸭子再游远一些,但总不会游很远。禁不住诱惑的人,便卷了裤脚,朝水里走去,总是差一点点就够到,总是想着再朝里走一点点就够到,渐渐的,人便陷在深水里,出不来了。这时候,金鸭子也消失了。原来,那鸭子是水底的淹死鬼变的。这故事曾经让我们对鸭子有些怕。

"对啊,大海子就是海!"更多的人应和。

"那你们快带我去!"

我们面面相觑,我们既没去过大海子,也不敢带他出寺。

侏儒的目光依次落在我们脸上,我们依次扭过头去。

"这样吧,你们去跟大人们说,只要你们带我去大海子,你们想要什么吃的,我都愿意给你们变。"侏儒长长舒了一口气。

"什么条件?"一听说侏儒愿意变吃的,我们的胃都开始蠕动了。

"我变出来,你们不能吃。"

那变出来有什么用?我们暗自嘀咕。

可不管怎么说,变总归比不变好吧。一想到那个晚上,烤全羊的香味便从记忆深处钻出,虫子似的钻进我们的鼻孔,我们吸着鼻子,简直要流出口水来了。

我们派了两个人把这消息告诉大人。剩下的人则守着侏儒,生怕他再变成大鸟飞走似的。很快,我们听到寺门外的铁链子喤啷喤啷响。先进来的是男人们,接着是老人们,殿后的是女人们,有的女人怀里还抱着正吃奶的婴儿。

"只要你变出来,你说什么,我们都答应。"男人们激动得口沫四溅。

九

院子里挤进了太多人,每个人都呼哧呼哧大口喘气,都满额头沁出汗珠,都捏紧了拳头。有的人,甚至在手里攥了口袋。太阳偏西了,所有人的影子一齐压到东边石阶上,将侏儒吞没了。侏儒坐石阶上,慢慢盘起两腿。

"大仙,您不会反悔吧?"

"大仙,只要您给我们变出吃的来,我们就带你去看海。"

"大仙,我们就看看您变出来的东西,我们不吃就是……"

吵吵嚷嚷一阵,所有人都安静下来。

"等……"侏儒缓缓吐出话来,"太阳落山。"

"为什么要等太阳落山?"

"这样的话,你们要后悔还来得及。"侏儒缓缓说。

"后悔?我们为什么要后悔?"

"别是你故意拖延吧?"

"我看就是,说到底,还是不想给我们变。"

吵嚷很快被有名望的人制止了。

"大仙让我们等,自然有大仙的道理。好饭不怕晚嘛!实在等不了的,可以回家去。"

没人回家,都再次安静下来。众人站在依旧灼热的夕光里,看影子漫上石阶,涌进大殿,爬上莲花宝座,此时的莲花宝座空空如也。

太阳落下去后,月亮升起来了。

侏儒悄然站起,转身朝大殿内走去,众人呆看着他,一时竟没出一声。只见侏儒蹑手蹑脚地爬上莲花宝座,面朝众人,端坐了,两手放膝盖上。乍一看,真像土地公公。月光透过大殿瓦片间的缝隙照下,使他的脸浮现出奇异的金色。

"你们不后悔吗?"

"不后悔!"

"快变吧,大仙!"

"大仙……"有人喊了一声。

有人跪下去了,很多人跟着跪下去。

磕头如捣蒜,喊声如雷鸣。

"大仙！大仙！大仙！……"

有什么气味隐隐约约散开。

众人抽动鼻子，再抽动鼻子。是香味！是许多个日子前的日子里曾经闻到的香味。是馒头的香味，烤全羊的香味，还有烧鸡、烤鹅的香味。如此纷杂浩荡的香味来得太突然了，一点儿心理准备都没有啊。众人想要说什么，却被香味塞住了喉咙。就只能再次抽动鼻子，可鼻子也几乎被塞住了。喘不过气来了！一个一个，张大了嘴巴，使劲儿吸气，使劲儿起伏着胸口。可哪里管用！香气太浓了，湮没了众人，陷落了众人，众人忙不迭地磕头！砰通砰通！砰通砰通！众人感觉到肉散骨裂，头晕目眩，瞪着眼睛，看到自己的灵魂都出窍了，轻飘飘地，被香气裹挟了，在窄窄的寺院里翻腾。

眼前黑了一阵，依稀感到了光明，众人眨一眨眼，从梦里醒过来，看清了眼前的一切。

"只能看，不能吃……"

"不能再让它们跑了！"

侏儒的声音是薄薄的一片枯叶，转瞬就被众人呼喊的浪潮卷翻了，碾碎了。

大殿里呼隆呼隆地堆满了馒头烧鸡烧鹅烤羊……众人蜂拥而入，用整个身体扑上去。人压倒人，人掀翻人，人挤开人。喊声，笑声，哭声，声音纠缠着声音，声音撕咬着声音。先要满足嘴，再要满足手，再要满足口袋。可很快，就顾不得这些了，都只顾往嘴里塞。喀嚓喀嚓，喀嚓喀嚓！猛烈的撞击声、碎裂声此起彼伏。众人眼睛瞪得老大,嘴巴张得老大,嘴角流下了血,眼角也留下了血。血并不能阻止众人,在越来越炽烈的香气中,众人发起了一次又一次冲刺。

我们不知道是怎么失去知觉的。

天蒙蒙亮,我们醒了,身上的血已凝成血痂,再看手上,攥住的不过是一块块黄土。哽咽着,呕吐着,口水伴着眼泪,眼泪混着鼻涕,地上很快就积了厚厚一层黄汤。

"我说过的,只能看,不能吃……"

侏儒端坐莲花宝座,轻描淡写地说。

"你他妈的!"

"骗子!能看为什么不能吃!"

"弄死他,这狗日的!"

几个体力恢复过来的大人,从莲花宝座上拽下侏儒,一顿拳打脚踢后,把他塞进了铁笼子。那铁笼多日不用,已糊了一层蜘蛛网。两只大花蜘蛛匆匆逃掉了。

"你们答应过的,要带我去海边!"

没人理会侏儒。

✚

一个多月后。

我们身体总算恢复得差不多了,再到寺里去,惊奇地发现,侏儒竟然还活着。听见脚步声,侏儒稍稍抬起头来,瞥我们一眼,又低下头去。

"呸!"我们朝他吐了一口。

"骗子!大骗子!"

侏儒没说什么,只是低眉顺眼的。

"你不是要去看海吗?我们就带你去看海!"不知谁提议。

我们心照不宣,四个人抬起铁笼子。这一抬,我们才发现,铁笼子那么轻,侏儒似乎没有任何份量。侏儒蜷缩一角,比一个月前瘦小了太多,似乎还黑了一些,脸上却仿佛涂了一层金粉,看上去像是要死了。

我们用两个人抬着笼子,浩浩荡荡地朝东山走。

一顿饭工夫,翻过一座山;两顿饭功夫,翻过了第二座山。大海子,忽然地,就出现在眼前了。那不过是一片不大的水域,浑浊,阴沉,泛着细细的波纹。

"这是大海子?"

"就是这儿,奶奶说的路就是这么走的。"

我们失望透顶,扔下铁笼,擦掉额头源源不断涌出的汗水。

"这是海吗?"有人问侏儒。

侏儒太虚弱了,挣扎半天,才在笼子里坐起。

"啊,我终于看见海了!"侏儒望了一会儿眼前的水塘。

我们哈哈大笑,扔下侏儒,绕着大海子跑了两圈。

"这真是你说的海?"

"这就是海!"

"那你去找你的海吧。"我们轻松地笑了。

侏儒两手紧紧抓住铁条,脸几乎从铁条的缝隙间塞出。我们生怕他跑掉,忙抬了铁笼,爬上一个断崖,使尽了力气,将整个铁笼朝水里扔去。

铁笼一下子沉了下去,水面咕嘟咕嘟泛开几朵泡沫。我们看了看,正要离去,忽地,铁笼浮上来了。一只金色的鸭子,从铁条间钻出,慢悠悠地朝水中央游去。

我们愣了一下,呼叫着,朝山下跑。

天黑下来了。

热 雪

上

我看见我站在一座教堂里。教堂不大,方圆不过十多平方米。抬头望去,约莫有三层楼那么高。屋顶冷硬地收束,呈倒扣的漏斗状,一块块长条形彩绘玻璃镶嵌在灰色的石墙间。慢慢的,显出朦胧的光亮。他知道,夜在退却,黎明在到来。慢慢的,教堂四壁透进更多的光。浮荡着,沉淀着,可以感觉得到,其间蕴藏着巨大的神秘的力量。一场沉默的风暴。他站在风暴的中心。更多的光。更多的寂静。更多的力量。他不由自主地举起两手,做出一个笨拙的类似祈祷的动作。

光在周身流转。冷的,热的,快的,慢的,轻的,重的……他真切地感知到自己的存在。光越来越多,漫溢开来,盛大起来。空气变得胀鼓鼓的,是一只被风鼓满了就要飞起来的空袋子——丝绸做的,明晃晃的外表,内里柔软而燥热。

呼呼的风声。

风来自何处呢?教堂是封闭的,不可能有风。

这时候他才发现，教堂是没有门的。教堂的四壁，也是灰色的厚厚的石墙——目光触到，即可感知它们的厚重。石墙中间，照样嵌牢了一块块长条形的彩绘玻璃，红色绿色蓝色紫色黄色闪闪烁烁，并不能看清具体是什么图案。

风声越来越大了。耳朵都被塞满了。

那被风鼓满的，不是空袋子，正是他自己。

他的身体胀开来了，热，轻，庞大，一寸一寸皮肤都贴合了教堂的内壁。石墙坚硬厚实，彩绘玻璃脆弱冰凉。他眼看要撑碎玻璃了，但石墙紧紧束缚住他。

把一只眼睛贴在屋顶玻璃上，把另一只眼睛也贴在屋顶玻璃上。玻璃的色彩染上了瞳孔。望出去，世界却只是黑白两色的。

外面的世界下雪了。

雪很大，他贴在厚重石墙后面的耳朵都听得到，扑簌簌簌簌的声音铺天盖地。满世界的雪啊。外面是一片萧瑟的荒原，荒原外是小树林。荒原一片白，小树林还露着一些黑的枝丫……什么都不想，也不说。只想着雪。不，连雪都没想。他只是作为教堂的样子，承受着雪和雪的声音。他的身体还在胀开，更热，更轻，却没法再庞大一些。内里有力量在翻涌，迟早要撑破这教堂吧？但教堂太坚固了。

时间一眨眼一眨眼地挪移。

他渴望看到从树林里走出一个人了，走到荒原里去。

——她最好穿一件红上衣，那样在雪地里才鲜亮。他最好不发一声,踽踽独行。她最好走得歪歪斜斜的。她最好朝他这边看一眼。她最好看他一眼就掉开头什么都没发现。他最好一直走下去。她最好走到教堂边。他最好拐过教堂朝远处走去。她最好回头看一眼。他最好歪歪斜斜又步履坚定。她最好背影别被风雪掩住。他最好留不下一个足迹。她最好出现又消失。他最好从未出现……他快承受不住了,他这站在教堂里的样子。

真是热啊。热不是要榨干身体,相反,热是要把身体变大,变轻,变得无所畏惧放荡不羁,变得撞破这教堂的牢笼,飞升啊飞升。他想象着飞升的自由,越发感到周身被热撺掇得生疼。身体真是个累赘。为什么要有身体?作为物质的身体,只会沉溺于物质,从而将精神囚禁于物质的牢笼。摆脱身体,精神才能得到大自由……可教堂实在太坚固了。

渐渐感觉到,热把身体里的物质蒸腾了,只剩下薄薄一层皮,异常柔软,异常敏感。灼热的皮肤贴在粗糙的石壁上冰凉的玻璃上,粗糙愈发粗糙,冰凉愈发冰凉。他是喜悦呢,还是哀伤呢。他想说句什么话,找不到词,只是呵呵地冒出一阵子热气。嘴巴贴着的也是一块玻璃。玻璃被灼热了。眼睛眨一眨,也冒出一阵子热气。贴眼睛的玻璃被灼热了。

玻璃外有液体在流动。是融化的雪。

他望见满世界的雪渐渐融化了。满世界的雪汨汨地在流动。

身上连皮肤都被热蒸腾了。他只剩下一团气,气若游丝,丝丝入扣，钻进教堂的每一个缝隙，整座教堂要飞起来了。忽然——

咻——

狂风卷起。他的身体疾速坍缩，收束为一粒微末的灰尘。

一同被卷起的，还有教堂、荒原、树林、大雪……他倏地抽回手，惊叫一声，浑身汗湿，睁开眼睛，头顶晃着耀眼的日光灯。女友站在他身边，惊得微微张开了嘴。

"我只是碰了你的手心一下……"

"没事儿，我刚做了个梦。梦见我在俄罗斯，一座教堂，我在教堂里，越变越大。后来，似乎有个人走过来了，结果是你……"他努力回想着刚才的梦（是梦么?）。

女友摸一摸他的额头。

"烧得这么厉害!"

"医生来过几次了，打了退烧针，敷了冰袋，没用。"

"我再问问看。"

几分钟后，女友进来了，诡秘地朝他笑笑。

"医生说，把这个塞——"女友斟酌着该用什么词，"塞肛门里，烧就能退下来了。"

"好吧……管用么?"

"试试嘛……"

"那你给我吧。"

他接过那一小截不知是什么东西的东西，看了看，抖抖索索地褪下一半裤子，扭着屁股，往肛门里塞。他倒不觉得尴尬，只是觉得滑稽。然而，时间一分一秒过去，并没什么用。温度计仍然显示在四十度以上。倒是新换了两个冰袋有些用。

"我再睡会儿吧。"他说。

闭上眼，试图回到那片荒原。

踢踏踢踏。护士走过走廊。白色悠长的走廊。吭吭吭。隔壁床的病人在咳嗽。再细细地听，瞿瞿瞿的秋虫的声音。不，这是夏天，哪儿来的秋虫呢？只是一瞬间的思绪。踢踏踢踏。又是谁走过走廊。白色的悠长的走廊。他闭着眼，盲目地随着。

他是随着一个黑暗的影子。

眼前有光，圆圆的一点，缓缓大了，淡了，黑影被照得透亮。他用手挡了一下，再放下手，黑影不见了。白亮的光浩浩荡荡，荒原就在眼前。

莫名地要去地上找足迹。哪儿有足迹呢。四处可见干枯的草茎，有黄的，黑的，积了一溜溜雪，抖抖着，发出铁丝般的声音，僵冷的空气便也有了一丝儿活气。

抬眼四望，哪里有什么教堂。小树林倒是在，一棵一棵看得分明，斜斜立着，枝干枝丫斜扭着，一副呼喊的姿势。他想要回应，嗓子却被什么堵住了。只能埋头走，走向那片小树林。他想要听到脚底嘎吱嘎吱的声音。什么都听不见。他想要听到呼哧呼哧喘的喘息。什么都听不见。他想要听到跺脚声拍手声。什么都听不见。他只能埋头走，走向那片小树林。但不管他怎么走，小树林似乎永远到不了。

如果教堂还在那儿就好了。

走着走着，倒热起来了。

满坡的雪蒸腾出热气。有一小片油一样晃动的热气悬浮在眼前不远处。那里面，隐约可见遥远的城市、小镇、山村，人来人往。转瞬之间，又消弭无痕。不知不觉，白雪全融为水了，不，更准确地说是烟。热的烟，稠白的，缭绕着，通往无尽之路……他朝前走着。不知道为什么朝前走着。

教堂在那儿就好了。

小树林，小树林。为什么是小树林。

鸟扑棱棱飞起。

说不清有多少只鸟。乌黑的翅膀，乌黑的眼睛，乌黑的爪子。他惊得打了个趔趄，似乎要同他们一起飞走。

哦，乌鸦——

浑身虚汗，他惊醒过来。

"你醒了啊？"女友的睡意蒙眬的声音把他唤回人间。

"怎么了？"他想要稍稍坐起。

"隔壁有哭声……"

他坐了起来。虚弱，却也轻松。是哭声，就在隔壁。男的女的哭声。想必是有谁死了。这是他进医院来第三次听到了。看了一下手表，凌晨三点半。上两次听到哭声，似乎也是这时候。那些急于解脱的灵魂都不怕走夜路么？

"烧好像退了。"他摸了摸额头，额头湿漉漉冷冰冰。

"你不知道，退烧有多么舒服！就如同大热天里吃了一大杯冰啤酒。就算是为了这享受,也值得发高烧。"他又摸了摸额头,试着说句俏皮点儿的话。

"快睡吧,明晚再发烧。"趴他旁边的女友咕哝。

彻底退烧,是五六天后。可惜在接下来的五六个夜里,他再没梦到(是梦到么?)那片荒原,也没能再把自己塞进一座教堂。在终于查清楚具体是什么肺炎后,医生对症下药,他痊愈了。他收拾好几本没看完的书,回家了。

走出医院大门,走在上海热闹的大街上,虚弱还是虚弱,却能明白,那些说笑的人,那些坐在落地窗后的人,那些走在阳光里的人走在阴影里的人,还有那些看不见的待在屋子里的人,他们是怎么活着的。当他病着,他是没法想象活着可以是这样的。

"活着,原来是这样的。"他小声说。

中

高考结束后那个暑假,表哥对少年说,要带他到怒江边去泡温泉。老早就知道怒江边有那么一处温泉,却一直没去过。事实上,怒江边任何地方他都没去过。在隔着怒江几重高山的浴缸样的盆地里,他足足生活了十八年。他没站上过任何一重高山的山顶。

在怒江边的烟草站,表哥和他一起看电视,一起打牌,一起到菜地去,一起杀鸡。是一只略显瘦弱的公鸡。表哥让他抓住公鸡的两条腿。

"不要怕,抓牢了。"

他抓牢了,手上粘糊糊的,是鸡腿上残留着的鸡屎。

鸡还是挣脱了,两条腿乱蹬。

"快抓住,快抓住!"

慌忙中,他再次去捞公鸡的两条腿。

公鸡的脖子给割开了老大的口子,倒立着控干了血,然后被塞进一只黑橡胶桶里。表哥打来热水,朝公鸡兜头浇下。一股潮湿浓厚的生鸡肉味儿。忽地,公鸡立起来,蹦出橡胶桶,朝院子里奔去。他俩愣了一下,一起扑出去。在一棵鸡冠花下,他们总算按住了公鸡。

公鸡的头被剁掉时,两条腿都绷直了。

吃完午饭,鸡骨头堆满桌子,表哥又看起了电视。他实在没能忍住。

"我们还去吗?"

"去哪儿?……哦哦,去啊,还早呢。"

他到院子外站了一会儿,四围都是高山,望不了多远。

出发时,已经是下午了。

红色摩托车快速闪过一棵棵壮实高大的羊草果树,惊起一只只黑不溜秋的乌鸦。拐弯,下坡,上坡,拐弯,渐渐听到轰隆轰隆的声响。是怒江的声音。又走了好一阵,不上坡了,尽是拐弯下坡了。羊草果树早已不见踪影,开垦出来的山地上,尽是昂着头的向日葵,未开垦的山坡上,遍布一丛丛灰绿色的灌木。紧靠路边的也是灌木,绿得要嫩一些。细看了,细细的枝丫上密密麻麻钉满了椭圆的小果子。原来是橄榄。大概还不成熟，都还新绿着。

"回来时摘一些。"表哥的声音被山风吹得毛糙糙的。

少年一路上不怎么说话，都是表哥在说。

"你瞧那儿，就那塌了一块儿的地方，就几个月前，翻下去过一辆越野车。车上坐的是隔壁县的教育局长，还有几个老师。一翻下去，都没人吭一声。弄了大半天才把车子搞上来，车子自然是报废了，里面的人么，嘿嘿……"

摩托突突着朝下冲，每一次拐弯，他都觉，摩托就要冲到坡下了。他不敢看，也不敢闭眼。他跨坐在表哥身后，两手反朝后抓住货架，手心完全汗湿了。

"你瞧，温泉就要到了。想起来，才是几天前的事儿，两姐弟也是来泡温泉，弟弟骑摩托带着姐姐，都要到了，姐姐想跳下车，大概裙子夹进后轮了，也不知道怎么着一下子，弟弟就把摩托冲进山坳里头了……"

表哥把摩托停在温泉入口处的细叶榕下，折回头去，朝山坳里看了看。

"你过来瞧，那是不是血。"

少年不想过去的，犹豫了一下，还是过去了。

橄榄树边松软的红土上，黑黑一摊潮湿的痕迹，不知道是不是血。

"一定是的，温泉边太潮湿了，血还没干呢。"表哥咂摸着。

少年眼前浮现出少女随着摩托车翻下山坳的模样。红色的裙裾翻成一朵巨大的花,脸扭转过来,苍白苍白。她一句话都没来得及说……少年浑身抖了抖。

温泉由好几个用石头墙围着的池子组成,厚重的石头墙上部呈灰色,靠近水面处则闪着黑黝黝的潮润光泽。石缝间青苔蔓生,蕨类横行。

水从山脚流出,淌进第一个池子,再淌进第二个池子、第三个池子……最后流到山涧里——他探头去望,山涧黑乎乎的,看不清底细。表哥依次在一个个池子边蹲下,探一探水面。水面澄碧,热气袅袅。直到第三个池子,表哥才停下脚步。

表哥脱光衣服,纵身扎进池子中,溅起肥大的水花。他慢慢脱了衣服,脱剩下一条内裤时,不再脱了。慢慢探进池中,真够热的。花了十来分钟,才把整个身子没进水里。表哥游过来又游过去,澄碧的水上不时浮现一大片白腻的壮硕的肉。他不会游泳,就待在一个角落朝身上撩水。眼前仍然是那翻飞的裙裾和苍白的脸。他屏住气,把整个身子连同脑袋没入水中。屏住,再屏住,他听到心跳,心跳着要冲出去。吐出一小口气,再吐出一小口气,呼地站了起来,水从额前的头发答答滴下。如此接连几次,他才让自己平静下来。

表哥还在游,呼吸粗重。

夕阳把山影投在水面,水面晃动,山影恍惚。

少年凝视着山顶,那儿光秃秃的,没有树,只有石头和草坡。

"那就是高黎贡山?"

"应该……是吧……"表哥又游远了。

"冬天的时候,山顶会积雪吧?"

"应该……会吧……"表哥又游回来了。

"山顶那些石头是坟吗?"

表哥游过来,又游远去,水声哗啦哗啦。

"谁的坟会在那么高的地方呢?"少年自言自语。

少年怔怔地望着山顶,山顶有一圈夕阳的光晕,草坡和石头,静悄悄的。雪积满山顶是什么样子?他闭上眼又睁开眼。白皑皑的山顶,闪耀光亮。

温泉泡久了,浑身潮热,露在水外的身体浮了细细一层汗珠子,头发湿答答地粘在额头,滴答滴答滴水。水汽袅袅,连空气也是潮热的。热,是一个严丝合缝的罩子,把少年圈牢了。他想要跳出这罩子,却又固执地待着不动。

闭上眼睛,只听见心跳。突突的心跳撞击他的耳鼓。少年张开两只手,平放在水面。不去想温热池水,不去想氤氲水汽,也不去想心跳。竭力让自己平静下来。他听到表哥吭哧吭哧的喘气声,水面被划开的声音,水花扑落水面的声音;迟了一会儿,他听到乌鸦的叫声,远处怒江轰隆的水声;又迟了一会儿,他听到风刮过对面山顶的声音。他想,那是他确实听到的,不是他臆想出来的。他让自己沉进那声音里,凉爽、柔和、明亮。有说不清的事物在声音里消逝,有说不清的事物在声音里生长。

睁开眼睛,眼里潮乎乎的。

少年猛然将脑袋扎进水里,许久,恍若一条赤裸的大鱼蹿出水面。

回程轻松多了,大概是上坡的缘故,并不觉得太危险,表哥也不再讲死人的事儿,少年的心松弛下来。在一个拐弯处,表哥停下摩托。少年爬上坡地,扭下脸盆大小的一朵向日葵。又在坡脚折了两枝橄榄,蓬蓬地抱在胸前,挡住了自己的脸。橄榄还嫩着,揪一个塞进嘴里,涩味很重,许久才有些回甜。他坐在车后座,一手朝后抓住货架,一手挽住肩上的向日葵和橄榄枝。摩托拐过一个弯,又爬上一片坡。回头望去,怒江蜿蜒,山影重重,白云悠悠,残阳如血。少年毫无预兆地呼啸了一声,山鸣谷应。

少年差点儿落下泪来。

下

第一次到北京如此偏远的郊区。过了飞机场,又走了很远。出租车师傅是北京本地人,竟也得听着导航往前开,一路开一路嚷,我操!我操!这都啥地儿啊!他闭了眼,好一阵子睁开,还是路还是楼,就又闭了眼,再睁开时,楼没了,但见一条路在白杨树林间延伸,隐约可见远处一座教堂顶上的十字架。

师傅说,前面就是潮白河了。他依稀听过这名字。过了潮白河，又走了约莫半小时，总算见着一个小区，进了大门，放眼开阔，白杨树一排排，草坪一片片。拐了几个弯，又过一道门禁，方见两侧高矮齐整的别墅。他答应多给师傅钱，让师傅在门口等着。

是师母开的门。

"师母，你瘦了好多啊。"他脱口而出，似乎为了掩饰尴尬，他接连问："要换鞋么？老师方便见客么？我来不会打扰到你们吧？"

他穿了鞋套进客厅坐下。老师从内厅出来时，他站起来伸出手。老师握住他的手。老师的手绵软、白皙、温暖，只是力道小了。

"老师怎么把头发剪短了？都快认不出来了。"

老师虚虚地笑着，脸色透着红润。

寒暄过后，老师和师母在对面沙发上坐下。阿姨端来水果，师母忙让他吃。他一面抹着额头的汗，一面用牙签扎了切成小丁的西瓜吃。

"老早就听说老师病了，一直想来看看，今天到北京开会，就过来了……"

"路太远了，你晚上还要赶飞机。"

"没事儿嘛，我和司机约好了，这儿离机场不算远。"

没来由的沉默。

他低头扎西瓜吃。也许他们就要说起他的前女友了。那是好几年前了，他们刚在一起，老师和师母请他们吃饭。席间很多话他还记得，比如什么难得的因缘之类，以及一些提早祝福的话。他那时候也很当真的。谁想得到后来会发生那样的事呢？

"老师的病好多了吧？气色看上去不错。"

老师和师母一下子反应过来了似的，你一句我一句地说起病，怎么发现的生病，医生如何搞不清是什么病，后来辗转了多少地方，总算是查清了，以及住院的过程……他不时插句话，老师和师母便继续说下去。他们谈兴很浓。他多少放下了心。

"我去年也生过一次病，肺炎，和老师的病比起来，当然只是小病。但对我来说，也够厉害的，住院十多天，出院后一个多月才恢复过来。"

"现在没事了吧？"师母微微朝他俯过身，"怪不得呢，我还和你老师说，小顾行程这么匆忙，怎么会想着要来看我们呢。原来你也刚生过病啊，同病相怜嘛。"

"算是吧。我长这么大，除开两三岁时得过脑炎——那几乎完全不记得了，就数这次的病最重了。连续多少天，医生想了多少办法，都没把我的高烧退下去。要不是自己亲身经历，真没法想象高烧那么叫人难受……"

他很自然地讲起了教堂的故事。

"大概因为到过俄罗斯一趟吧，我竟然产生了那样的幻觉……"

"这简直是小说！"老师说。

"太神奇了！"师母附和。

"生病时候，我也有过类似的迷梦般的经历。我是忽然跌倒的，那时候，没什么别的感觉，只知道膝盖疼。我就闪过个念头，应该是摔倒了。然后就什么都看不见了也听不见了。不知道过了多久才醒来。先是看到脸，一张张晃动在眼前的脸，白白的，如同贴了面膜，不，是戴了面具。没有一张面具是我熟悉的。接着才慢慢听到声音，声音从很远的地方传过来。每一个声音到达，都像是有冰湖坼裂作呼应。那种感觉——现在说起来平淡，那时可够强烈的。我也不知道自己在什么地方，不疼，也不害怕，忽而想让所有人闭嘴，忽而觉得他们和我无关，我恍惚在一个水做成的世界上飘荡，有个什么人和我慢悠悠地说话，每一句话都熨帖，都舒服。很快，却又吵闹起来了……"

"这种时候，大概……"

"离死不远了！"老师笑出了声。

"我也觉得，我在教堂那会儿，要是挣脱了，大概就没了。"

"那还真说不定。"

"死有时候太容易了。我才住院十多天，就见证了好几次，但有时候吧，命也没那么脆弱——和我同一病房，有个很儒雅的老先生，九十八岁了。那天早上原本要出院的。他儿女正给他办出院手续，他忽然大口呕血，痰盂都接满了。刚巧他又要大便，自己从床上下来就歪歪倒倒进了卫生间。男男女女的医生们赶过来时,他正一边坐在马桶上大便一边呕血呢。医生们也不客气,闯进卫生间里把他拉出来。他不出来。有个女医生就喊,你是要大便还是要命。究竟给拉出来了,摁到床上,许许多多仪器和人一起涌上去。我在旁边看着,心想这老先生怕是要完蛋了。折腾了半个多小时,血竟然止住了,老先生活过来了。他再看身上的病号服,好多处糊了黄黄的大便,气得一个劲儿嚷嚷,丢人,太丢人!"

"这老先生可够厉害的!奇人啊。"

"我们在医院几个月,见的生死也够多的。记得第一次见到人过世,那人的家属请了和尚来,就在医院院子里念经超度。我们家阿姨去打水,见了,回来和我说,浑身都是抖着的。我过去看,发现阿姨连水龙头都忘记关了。后来见得多了,她才坦然了,会和我说,某某床昨天晚上又空出来了……"

又一次沉默。

他低头扎西瓜吃。红红的西瓜被牙签逮住了,红红的汁液流出来。他们马上就要说到她了吧?他该怎么接呢?谁会想得到,她会以那样酷烈的方式了结自己呢?他忽地想起十多年前,在温泉边看到的那一摊血似的东西。

"这两天,北京可够厉害的……"他抬头看窗外。

老师和师母一起回头看了看。

"谁说不是呢?那么多白杨花絮。出门都得戴口罩。"

"就像下了一场大雪。"他做了个近乎无聊的常见比喻。

"哎,小顾,你们老家会下雪么?"师母眼睛里闪过一丝好奇的光亮。

"会啊,山顶上会下。还会积雪呢。当然我只是远远地看过,没到山上去。"他顿了顿,还是没能忍住,和他们讲起了那次去洗温泉的事儿。

"高黎贡山顶上的积雪大概是最久的吧。不过,有温泉啊,也说不定……"

他想象了一下,雪被温泉迅速融化的样子。最早融化的,是雪的芯子吧?慢慢的,剩下一个空洞,剩下一个硬硬的壳儿。

"所以,你看这满北京的飘着白杨花絮,还挺新鲜的吧。"老师温暾地笑了。

"温泉那儿,死人挺多的。"他很突兀地打乱了话题安全的走向,"去泡温泉的路上,我表哥一路说一路指点,好多车祸,好多条人命。"

就要说起她了吧?他想着,低下头扎西瓜。红红的红红的西瓜。

"那时候一想到死,就害怕。说害怕也不准确,是虚空。心里虚空得要命。可我表哥吧,越是危险,他越是要说。人啊,真够奇怪的。"

半晌无语,他望着窗外纷飞的白杨花絮。

"死这种事,怎么说呢?"老师慨叹。

"小顾,你结婚了吗?"师母的问话也很突兀。

他抬起头来,愣了一下,把一块西瓜塞进嘴里,嚼了两嚼。

"没结呢。"他囫囵地把没嚼好的西瓜咽了下去。

"有女朋友了吧？打算什么时候结呢？"

"有了啊，后天结。"

"啊，后天？"

"是啊，后天回老家办。"

"你看，要不是我们问起，你都没打算告诉我们！"

"恭喜啊小顾，结了就好。新娘子一定很漂亮吧？"

气氛活络许多。老师和师母很详细地询问新娘的职业、家庭，以及他们什么时候怎么认识的。他一一作答。那个阴影谈笑间淡了。

临走，师母硬要塞给他个红包。

"哪有这样的事，说是我来看你们，结果又吃又拿的！"

"小顾，你一定要收下，钱不多，是我们的一份心意。"师母把红包摁在他手里。

接了红包，攥了攥，又攥了攥，这才揣进兜里。

这时候，司机打来电话，说是家里有急事，得赶紧回去一趟，不能等他了。他抱怨了一句，说我就要走了啊。终归没用。

"他哪里是回家，肯定是接到什么大的活儿了。"师母笑笑。

老师自告奋勇要开车送他。

"这怎么行？您的病还没痊愈！"

"怎么不行？出院后，我更远的地方都开车去过了。"

老师开车，师母坐副驾驶座，他在后座当中坐了。车子稳稳地开出去，惊飞了路上觅食的三四只乌鸦。师母向他介绍小区，又向他介绍小区外的村子，还有那条河，潮白河。

"我们家那儿，实际上是河堤……"

他靠坐着，朝河堤望去。看不出河堤的样子，只见一排排柳树又一排排杨树。柳絮已经没了。落日映照下，漫天的白杨花絮兀自飞旋着。忽忽悠悠，久久不落。

"树林里那些小土堆是什么？"他忽地坐直了。

小土堆们，静悄悄的，安伏在杨树柳树间。

一堆两堆，三堆四堆，五堆六堆七堆……还有更多。和杨树一样多，和柳树一样多。不细看，真看不到它们。可只要看到了它们，便再也看不见杨树柳树了。

老师和师母似乎没听到他的话。他们还在讲村子拆迁的事儿。

车子拐过一个弯儿，上了另一条大路。大路边的树林里仍然有！

八堆九堆，十堆十一堆十二堆……还有更多更多更多！

"怎么北京郊区会有这么多……"

——他知道，老师和师母不会和他说起那件事了。他们一定觉得，那是不礼貌的。他知道，今后他也不会再去想那件事了。老师说的是，死这种事，怎么说呢？可他不知道怎么回事儿，这些没名没姓的北京郊区的小土堆，竟然又让他如此激动。他没法不激动。他恨不得让车停下来,冲上去看个究竟。可看什么呢?

"是……是坟头!"

老师的回答,他差点儿没听见。

长　途

　　荒野里有什么蹲在那儿。高起来了，又低下去，更低下去。凑近了看，是个穿件灰夹克的中年男人的背影。此时，在他的四周，油菜子刚刚收获，剩下的无用了的光秆子一堆一堆地码着。不知谁在自家那堆里点了火，晒得半干的菜子秆儿慢腾腾地燃烧着，不时发出噼啪噼啪的爆裂声。风隐隐地吹来，火苗俯仰着，转腾着，非但没显出光亮，到愈发显示出土地的黑暗来了。更远处，夕阳正在落下。

　　那个中年男人的背影，被更小的一堆火勾勒出来了。

　　男人盯着眼前的火堆，手慢慢伸过去，伸过去，忽地，感觉到了早已燃起的疼痛，倏地缩回了手。火苗不紧不慢地跳动着。火苗底下是一条红围巾，痛苦似的蜷曲着。

　　红的火苗，红的围巾，彼此转换着躯体。

　　一刻钟后，只剩下火苗了。

　　转眼间，火苗也消失了。

　　男人怔怔地对着眼前的一小片灰烬。

　　附近那堆火也不知何时熄灭了，太阳早已坠入西山。沉重而无声的黑暗正企图遮掩一切。

男人走在田埂上。高一脚低一脚。跳过一条小沟，跨过一个土坑。待他走上通往镇上的柏油路，西边天上的云彩如凝结的污血，稠滞而厚重。他回头看看刚刚待过的那个地方，似乎有些不能确认了，究竟是哪儿呢？时间的流逝让他有些意外，刚刚这么一小会儿，那一小团在他面前跃动的火苗，就不知道去哪儿了。那一条红围巾，更是不知所踪了。

回到镇上，路灯亮了。路灯是这两年才安装的，路灯下一个一个小摊，卖烧烤的卖炒面炒饭的卖水果的，吆喝声此起彼伏。年轻人三五成群地围在各个摊位前。

立在大街中间，男人呆了一会儿。

离开主街，拐进一条僻静的巷子，灯火暗淡下去。又拐了两个弯儿，男人停在一栋院子前，院墙的裂缝间爬上了水迹和青苔，两扇铁门挡在他面前。透过门缝，看得到院子里昏黄的光。他咳嗽了一声，声音在小巷子里突兀地响起。一只猫怪叫一声，窜过围墙顶，投进黑暗的潮水里。屋里什么动静都没有。他伸手拍了拍门。屋里仍然什么动静都没有。

"开门！"他喊。

声音在小巷里激不起一点儿浪花。

低低地咕哝了一声，男人在裤兜里摸索一阵，掏出一串钥匙，拣出一把来，摸到钥匙孔，转了几转，门应声而开。推门进去，二十来平方米的院子昏暗着，只有关着门的卧室亮着灯。他转身关上铁门，顺带看了看铁门两侧。月季、蜀葵、海棠、栀子、天竺葵、君子兰、一品红、缅桂花、夜来香……这些大的小的花草树木，栽种在堆于地上的一个个黑重汽车轮胎里。暗夜里，不知道是哪些花在发出一阵一阵的香。

立在黑暗中，男人又呆了一会儿。

"你又怎么了？"男人推开亮着灯光的那间房。

女人不回头，在桌上床底下四处找寻。

"怎么了？"男人站在一片狼藉的屋里，又问了一遍。

"关你什么事？"女人没回转身来。

"你在这个家里，怎么不关我的事？"

女人回头看男的一眼，两只眼睛布满血丝，回头继续在各个角落搜寻。

男人也不说话，把靠墙的沙发上扔的乱七八糟的东西推了推，在空出来的地方坐下，跷起二郎腿，看女人满屋子乱麻麻地找。

"分明在这儿的……怎么一转眼就不见了？……"女人喃喃自语，找遍了屋子，走出门去，并不看他，打开了堂屋的灯。他不用看，也知道女人在堂屋里把在卧房里的动作重复了一遍。过了好一阵子，他听女人到厨房去了。

点了一根烟，抽了两口，不抽了。手实在抖得厉害。两个指头已经不能捏住烟，只能用整只手攥着了。细细的纸烟一下子被他折断了。烟头掉在地上，兀自燃烧了一会儿，叹息似的熄灭了。他眨一眨眼，眼里仍然残存着那一点儿红。

"是不是你？"女人站在门口，披散着花白头发，两眼如烧着的炭粒。

"什么是不是我?"

"我问,是不是你?"

"你说什么啊?完全听不懂。"

"别装了!我是说,那条红围巾。"

"红围巾?你不是天天攥在手里吗?怎么来问我。"

"你就说,是不是你!"

"什么啊?莫名其妙!"

"你告诉我,你把红围巾藏哪儿去了?"女人打着哭腔。

男人盯着女人的脸,那张脸像是一团蜡黄的被水泡发了的面团。熟悉而又陌生。陌生而又熟悉。脸上有种急切的表情,打在上面的灯光也遮掩不住。

"我知道是你……"女人抽动着鼻翼。

"我什么都没做……"男人不由自主地说。

"那怎么会?"女人呆了呆,又发狠地盯着男人,"我知道是你,是你给藏起来了,你恨我天天攥着它,你恨我,你一直恨我。"

女人像是被身后满院子的黑暗推了一把,猛地扑到男人身上,毫无章法地乱抓乱挠,手伸到男人的上衣兜里裤兜里,甚至剥掉了男人的外套直到没有哪儿再能藏得住一条红围巾。男人拼命自保,只落得个气喘吁吁。终于,女人在发现了空空荡荡的现实后,力量瞬间被抽离,男人一掀,身后支撑着她的黑暗猝然后撤,她两脚朝天,跌坐在地上。男人一愣,但没去扶她,顺势朝沙发上靠了靠,胡乱整理了一下衣服。

"你疯了!真疯了!"男人咬牙切齿。

"我是疯了……"女人总算哭出声。

"不是一天两天了,你这样子,这个家哪里还有个家的样子?"

"本来就没有家了。"

"没有家了?那你待的是什么地方?我待的又是什么地方?"

"这是什么地方?我怎么知道这是什么地方。"

"这是我们的家!我们两个人的家!几十年的家!"

"哪有这样的家?哪有两个人的家?"

"你消停消停吧!忘掉吧!"

"忘掉?你忘得掉吗?你老实说!"

"怎么忘不掉?"

"你真就那么铁石心肠?"

"这不是铁石心肠不铁石心肠!你得想想,日子总要过下去!"

"为什么总要过下去!"

"不过下去了吗?那好啊,是要去死吗?要一起吗?成天要死要活的,你觉得女儿就高兴,还是说,会活过来?"

女人的眼睛噌地亮了,又瞬间熄灭了。

"不去死,就要好好活着啊。万一,像你说的,女儿还在呢?说不定哪天就推门进来呢?你说,你要是这么乱七八糟轻易死了，女儿来敲门，也要让她像今晚一样没人理会？"

"她还在吗？……"

"是你一直说的，她肯定没死。我们得到的通知说她死了吗？没有啊。是说失踪，失踪知道吗？失踪就是有一天，她会回来的，会敲我们的门，会走进院子里来的。"

"是你过去一直说她……死了的。你说她肯定死了。"女人哭出了声。

男人不言语了。

默默地，他整了整衣服，端正了坐姿。

女人的哭声呜呜咽咽的。不远处的一户人家，一个婴儿也发出了啼哭声，像是对女人的应和。女人哭得似乎更响亮了些。

"我们都要好好的啊……"男人说，"我们也要学会放手，女儿大了，不是小孩子了。我们要信任她啊。你天天攥着那条红围巾，难道你忘了那条红围巾是怎么来的了吗？"男人停了停。女人并不答话，只是哭声小了些。

"那年初夏，我们跑长途要经过梵净山，还要在木黄停留两天。那是我们第一次带女儿跑长途啊。虽说不算是专门的旅游，但我们沿途还是看了不少地方。那天在街上，女儿看上了这条红围巾，想买，你不答应。说大热天的，要围巾做什么。女儿一向乖顺，这次却一反常态，不听你的了，非要买下来。我掏钱给女儿买，还被你骂了一顿。我说女儿十六岁了，算是半个大人了，就听她一次吧。女儿也不管你高不高兴，执意买了。后来那一整天,你一直不怎么高兴。我看得出,女儿处处赔着小心,但你还是不言不语。那些画面真是如在眼前,木黄有那么好的水,那么好的山,女儿一次次走到河中间的大石头上,蹲下去玩水。如果在平日,你早就骂她了。可你那天赌气不跟我们说话,硬是忍住了一言不发。女儿渐渐的,真放开玩儿了。那天她真是开心啊……"

女人不知何时停止了哭泣,坐到了旁边的小马扎上,不时擤一下鼻涕。

"夜里,我们找了家民宿住下了。没想到贵州初夏的夜里会那么冷。衣服都在大车里,我说要去拿,你也不答应。那是个木板房,不隔音,女儿在隔壁什么都听到了。一会儿,她来敲门了,把红围巾递给你,说你有颈椎病,红围巾给你围上。你倒是接过红围巾了,但仍然不说一句话……"

"你又在派我的不是么?"

"你知道,我不是这个意思。"

"那你是什么意思?"

"我……也不知道什么意思。现在还说什么对啊错啊,有多大意义呢?……我现在只是后悔,我们和女儿出门太少了。那年我们去梵净山,去得晚了,杜鹃花很少看到了。我还和女儿说,以后要在杜鹃花开得好的时候带她再去呢。这一耽搁,多少年了?"

"你还说,要不是出门旅游……"

"那又怎样?"男人提高了语调,"这种话你说多少次了?

你又要说，女儿十八岁那年，我不让她一个人出门，就不会发生这事儿了，是吗？永远攥在手里，她就安全了？你是打算把她攥手里一辈子不放？"

女人垂首抹泪，一言不发。

"和你不一样，我一直觉得，女儿那次单独出去，一点儿没错，完全没错！还记得女儿到了雅安后，给我打来电话，问我知不知道'扬子江中水'的下一句是什么？我小时候给她讲过对对联的故事的，一个书生因为别人对不出'半夜二更半'的下一句，郁闷得死了。后来书生老在夜里跟过路人念叨这句话。直到有个人对了一句'中秋八月中'，书生的鬼魂才不再出来吓人。听着女儿在电话那边咯咯咯笑，我抓耳挠腮对不出来。女儿说，这个都对不出来吗？你就不怕每天夜里被我电话骚扰吗？是'蒙顶山上茶'嘛。女儿这才告诉我，她到蒙顶山了。之前跑长途，听人说起过蒙顶山的，一直没去过。女儿就在电话那边绘声绘色跟我讲，蒙顶山的风景如何如何美，山上的茶如何如何好种类如何如何多。我说，你又不喝茶，怎么知道茶好不好？女儿说，可我有个爱喝茶的老爸啊。女儿还说，买了半斤好茶，到邮局寄给我了……"男人低声叙述着，哽咽着。

"那些茶，我到现在都没舍得喝……"

女人一只手蒙住了脸，垂着脑袋，低低地啜泣了两声。

"后来，女儿刚到雅安卢山县，就地震了。我和你一样着急，打电话给她，说是没事，她还帮着做志愿者救人呢。你又不答应了。我承认,是我答应她的,我跟她说了,只要她能保证自己的安全,能帮别人一把就帮别人一把。你说,这话错了吗?"

"可后来呢?!"女人恶狠狠的。

"后来,是啊,有余震。女儿再没消息了。女儿失踪了。女儿……"

"是你,如果不是你!……"

"是我同意的,又怎样?女儿什么也不能做哪儿也不能去,你觉得她就开心了吗?你觉得她那年不独自去雅安旅游,接下来这么多年,就什么事情都不会发生了吗?"

"老天爷怎么会这样……"女人哭泣着。

"哪有老天爷?"

"为什么会这样?"

"没有为什么。再说,知道为什么,又有用吗?"

"我不想听你说这些,你除了会讲大道理,还会什么?你天天跟女儿讲大道理,跟我讲大道理。结果又有什么用结果?你不还是丢了女儿,不还得天天天天天天天天天……开着大货车跑长途跑长途?你知道那么多大道理知道那么多谁都说不过你,又有什么用什么用?……"女人连珠炮似的喷出一大堆断手缺脚的句子。

"是没用……什么都没用……"

"那还活着做什么?!"

"怎么,你要我去死吗?"

"我知道你,你不会去死的。谁死了,你都不会去死。"

"所以,你一直觉得我很懦弱么?你觉得死就能解决所有问题。我死了,女儿就能回来,女儿就会和你每天高高兴兴地过日子?是这样么?"男人斜乜着女人。

"是这样,就是这样!"女人嗖地站起,恶狠狠地盯着男人。

"那好,我去死。你觉得我怎么死,你才称心如意啊?"男人笑一笑,声音轻飘飘的。

"随便你怎么死,抹脖子上吊,随便你!"

"好啊,今晚你算是说了大实话了。女儿走了这么些年,你是一直看我不顺眼啊。"

"是,看你不顺眼,你去死,你今晚就去死!"

男人的身子似乎颤抖了一下。他理了理自己的衣服,站起身来,撑了一下沙发扶手,站直了,瞥了女人一眼,朝黑洞洞的院子走去。

走向铁门边时,男人不小心撞到了缅桂树,拳头般凝聚着的香气,像是猛然被他撞开了。浓郁的芳香像是无数小手抓挠在黑漆漆的院子里。

男人打开铁门,铁门发出铁的声音。

女人从灯光下冲出去,撞进黑暗里。

"你要去哪儿!你究竟想要怎样?!"

"你不是说,要我去死吗?我这就是去死吗?"

"王八蛋,我要你告诉我,究竟把红围巾藏哪儿了?!"

"扔了,烧了,再也没有了!"男人发出铁一样的声音。

"啊……啊……啊……"女人持续发出非人一般的嚎叫。

星空底下,两具早已不再年轻的躯体纠缠在一起,像是挚爱的拥抱,又像是仇寇的搏杀。

不远处的院落,一个婴儿从梦中惊醒,猛烈地啼哭。

天上几颗星星冷冷地闪耀着。一片云和更多的云涌过来,遮掩住星星和它们的闪耀。一道闪电试图撕扯开乌云的大幕。就要下雨了吧?雨水把时间浸泡得像一根麻绳一样绵长……大概是几个月后,曾经的那两具早已不再年轻的躯体一前一后走出院子。

他们锁上门,各自拎了鼓鼓囊囊的旅行袋,朝小镇外走去。

太阳刚刚照亮这座西部小镇。镇子刚刚经过一夜雨水的洗涤,连匆匆跑过的一条黄狗都是崭新的。他们就在这崭新的万物之中旁若无人地穿过去。

小镇外有个简易停车场。

地是煤渣铺的,煤渣饱吸了一夜雨水,湿漉漉地散发出黑亮的光泽。煤渣地那头,有一大株枝叶葳蕤的细叶榕。每一片叶子都竭尽全力地绿着,晃动着。阳光被叶子们抛来撒去,金币一样铮铮作响。阳光掉下来,砸中一辆红色大货车。红色大货车也因了一夜雨水,格外精神地红色着,像是随时可以发出红色的呼喊。知了躲在细叶榕的枝叶间,偶尔叫几声。

男人打开红色大货车驾驶室的车门,拎着包爬上去。

女人打开红色大货车副驾驶室的车门,拎着包爬上去。

男人安顿好包。

女人安顿好包。

男人望向挡风玻璃外。

女人望向挡风玻璃外。

"放下了?决定了?"男人说。

"放下了,决定了。"女人说。

知了一只接一只,合计好了似的叫唤。

"我能相信你吗?"男人说。

"能……真的。"女人说。

"那我可以告诉你了。"男人说。

"什么?"女人微微侧过脸。

"红围巾,那条红围巾。"

"你说。"女人平静地盯着男人。

"真被我烧了。"

"为什么要这么做?"女人的下巴哆嗦着。

"你知道的……不想你成天攥着它陷在过去不能自拔。现在我觉得我那么做也不对。但你知道,我也会一时冲动。我知道很多大道理。但我有时候也没办法……"

"我知道……"女人说。

"这个给你……"男人递给女人一个红色的小包。

"什么?"

"香囊。还记得女儿去雅安前吗?你问女儿身上怎么那么香。女儿说,是香囊的香,说等她从雅安回来,要亲手给你做个香囊。我手笨,不会做。我到街上买了一个,把红围巾烧成的灰塞了进去。你瞧,都有些弄脏了……"男人指给女人看红色香囊上黑色的地方。

女人接过香囊。凑到眼前,看;凑到鼻子底下,嗅。

怎么会有这么多的知了?知了叫得多么盛大啊。

女人两手抓住红色香囊,使劲儿把脸按在上面,泪水慢慢地从她的指缝间渗出,又浸入红色香囊里了。香囊的颜色一圈一圈变暗。她的花白头发、肩膀、衬衫一齐抖动着。打在她身上的阳光仿佛刹那间失去了热度。冷得受不了了。

许久,女人抬起头来。

"出发吧,我们。"女人说。

"去哪儿?"

谜语般的钥匙轻轻扭动,双手紧握方向盘,两眼盯视前方。红色大货车迸发红色的呼喊,红色的呼喊铺展开,烧着了遍地黑色的煤渣。更漫长的长途正在到来。

少 年 血

男孩和哥哥在石榴树下玩耍。

偶尔听到远远地传来一声鞭炮响：啪——他们都竖起耳朵听，接着，静静地隔了很长时间，又隐隐约约传来一声：啪——不约而同地，他们咧开嘴笑了。哥哥拽着肥大的裤子站起来，男孩也跟着站起，摩挲着手，不知道该做什么。这时候，往往又出人意料地传来几声：啪啪——啪——他们欢喜得不知如何是好了，翘起鼻子，似乎嗅得到一大股鞭炮散发出来的好闻的火药味儿，满以为第二天便要过年了。这时候，父母总会对他们说，如果他们听话，过年就给他们买鞭炮。

男孩的任务是每天给家里那只唯一的猪拔草。本来家里有一大一小两只猪，他和哥哥各自负责一只。没想到前些日子，爸爸带了个满脸络腮胡子的男人到家里，将那只大的用拖拉机拉走了。哥哥追着拖拉机哭了许久。他想，现在哥哥可能仍对那只猪念念不忘吧。他背上篮子出门拔草的时候，哥哥总是用那种很不服气的目光瞟他一眼，有时鼻孔里还会哼一声。

两只猪是在男孩和哥哥的注视下一点一点慢慢长大的。它们刚出生的时候,给母亲放在一个大竹筐里,跌跌撞撞地走,肚皮下面拖着一条长长的湿漉漉的带子,不时还会绊一跤。男孩跟哥哥两手抓住竹筐沿儿,勾着头,嘻着嘴看。后来他们仍经常这么做。过了几天,它们肚皮底下那根长长的带子不见了,走起路来也顺当多了。他们把草扔进竹筐里,堆得像山一样,几乎把它们压得露不出头,可它们并不吃,只是在草堆里拱来拱去,然后发出尖细的叫声。关在圈里的母猪哄哄哄叫起来,他们只好看着母亲走过来,将它们放回母猪身边。不过他们很快又高兴起来了。他们趴在猪圈栏杆上,看它们蹬住后腿,撑开前腿,扒住母猪黑乎乎的肚皮,极其起劲地吮吸奶水。吱吱吱的声音好听极了。等它们长大一些,会吃草了,他们经常把它们带到野地里,任凭它们自己找吃的。它们跑热了,还可以在烂泥潭里滚上几滚,滚完了出来,猛地抖一抖身子,黄色的泥点子四处飞溅。男孩和哥哥躲避着子弹一般飞来的泥点子,禁不住哈哈大笑。甚至在他们的笑声里,两只猪也在悄悄地长大。有一天,两只猪吃饱喝足了,懒洋洋地睡在草丛里,呼呼地打鼾。哥哥忽然拍打着亮闪闪的草叶,一跳一跳地朝他走过来,咬着嘴唇对他笑笑,又朝两只猪努努嘴说:

"你猜,骑上去会怎样?"

哥哥天才般的主意令男孩兴奋不已。哥哥的脑袋里塞满了各种各样他想不到的念头,不过付诸实践之前,总会先找到他。用哥哥的话说是"先找个人试验一下"。这次也一样。他激动得两眼放光,攥着一根小棍子,蹑手蹑脚朝两头猪走过去。事实上他的小心翼翼毫无必要，两头猪一点都不害怕，仍旧肆无忌惮地打鼾。小心翼翼的动作不过让这件事平添了几分冒险的色彩。哥哥紧跟在他后面，呼出的气热热地钻进他的领窝，痒痒的，他忍不住想笑。他只好竭力忍着。离猪越来越近了，哥哥赫哧赫哧的喘息声让他觉得每一步都踩到了棉花上。他脸颊发烫，两手出汗，再也不愿往前走一步了。

"胆小鬼！"哥哥揉了他一把。

男孩最痛恨的就是哥哥喊他胆小鬼，就为这个，他不止跟哥哥干了一两架。这时候，虽然他感觉自己正站在悬崖边，可哥哥的这三个字，还是让他闭着眼睛往前跨了一步。如今男孩已经回忆不起来自己如何到的猪背上了，只记得屁股贴住了一个热乎乎毛茸茸的东西，心跳似乎漏跳了半拍，忽然，那东西往上一挣，明亮的天空猛地一抖，胯下的猪，头往前梗着，轰轰地怒吼着，发疯一般冲出去。天空、草木和哥哥在他身边剧烈抖动，如同画在一张揉皱的纸上。他紧紧抓住猪鬃，仿佛拽着一把火热的钢丝。不过这并没有什么用。当他茫然地坐在地下，才听到哥哥放声大笑，就像满山满坡的石头都滚下来了。那一瞬间他几乎哭出来，费了半天力气，总算忍住了，眼里含着泪花，也随同哥哥一起大笑起来。

那之后，他们时常冒着被摔下来的危险干这事，每次都会笑得直不起腰。回家的时候，笑声仍然在野地里回荡。后来，两只猪越长越肥了，跑不动了，他们才不再这样做。它们吃饱了，静静地躺在草丛间，偶尔抡一下尾巴，身上散发出青草和猪粪混合而成的强烈气味。男孩和哥哥躺在旁边，沉浸在熟悉的气味里。夕阳悬在山顶，放出橘黄色的光，两只猪雪白的毛被照得金灿灿的。男孩把脸贴在潮湿的草地上，眼睛斜斜地瞅着它们——那似乎是两座缓慢上升的高山，山上种满金色的参天大树，他穿过金色的树林，一步一步，踩着温暖而松软的土地，爬到山顶……他深深地迷上了这个幻想，他想象着自己在一片金色的树林当中坐下来，望着极远处的夕阳。夕阳在他黑幽幽的眼睛里，一点一点落下去。

之后没几天，家里就只剩下男孩负责的那只小一些的猪了。他再也没带它出去过。他拔回沉甸甸一篮子草，扔进圈里，它才挪动身子，像一个臃肿的老人，蹒跚着走过来，把头埋进草堆里。父母看到它这副样子，总是笑得把嘴咧到耳朵根。可不知道怎么回事，他心里难受极了。

一天吃过下午饭，男孩又在院子里听到父母说起这只猪。

"我们家什么时候杀年猪？没几天就过年了，别人家都杀了。"母亲一边收拾碗筷，一边说。

"你看着办，"父亲吐出一口烟，瞅着它们缓缓消散，慢悠悠地说，"你要是置办好东西了，什么时候都可以。"

"后天怎么样？"

"后天……成！后天我留在家里。"

男孩感到被一个灰蒙蒙的影子罩住了。他们什么都决定了，却没跟他说一声，虽然那只猪是他照顾的，虽然他就在他们旁边。他从椅子上站起来，从他们身边走过去，故意撞了一下桌子。他们仍旧说他们的，眼睛都没往他身上斜一斜。

男孩走到猪圈边，下巴搁在栏杆上。那只猪深深地陷在黄色的草堆里，雪白的肚皮一起一伏的，眼睛闭着，肥大的耳朵不时扇动一下。

"你还睡，"男孩像往常一样，跟猪说起话来，"你这么肥了还睡！"他希望它能站起来，走到他身边。然而，它一动也不动。他又嘿嘿叫了几声，它仍然不动。他抓了一把草扔进去，也没起作用。他感到很恼火，用力拍打栏杆，朝它吆喝。好半天，它总算睁开眼睛看了他一眼。他又拣了些特别嫩的草扔进去，它总算挪了挪身子，坐起来，使劲往上挣了几下，摇摇摆摆站起，朝草走过来。

这时候哥哥也趴到栏杆上来了。他们一起静静地看着它吃草。

"过两天就可以吃它的肉了。"

他吓了一跳，扭头看着哥哥。哥哥没看他。

第三天一大早，男孩在梦中听到一些什么声音，忽然惊醒过来。坐直身子，只见窗玻璃一片明亮，父母的声音夹杂着猪的喘息从院子里传进来。

"做什么？"他不知道问谁。

哥哥躺在他身边，睡得很沉。他推了推哥哥，哥哥不耐烦地哼了一声。他听到声音往大门那边去了，害怕起来，迅速穿好衣服，砰地跳下床，吱扭一声拉开门跑出去。鞋底紧贴地面，冷冰冰的。灯光昏昏的院子，几个人影横着。父亲和母亲正往大门外走,那只猪扭着肥大的屁股,艰难地走在他们前面。

"你们去做什么?"男孩追上去问。

"你怎么出来了?"父亲扭过头,很纳闷地瞅了他一眼,不耐烦地说,"回去睡觉,回去!"

"你们去做什么?"不知道什么原因,他快哭出来了。

"去杀猪。"母亲说。

"回去睡觉!"父亲命令道。

男孩又被那个灰蒙蒙的影子罩住了,并没听见父亲的话。他一句话不说地跟上他们。母亲看了他一眼,给父亲递了个眼色,父亲没再说什么了。

天还很早。天上只有淡淡一弯月亮。村里唯一的大路灰蒙蒙地向前延伸。路上厚厚的尘土经了露水,湿漉漉地堆着,在他们脚下发出暗哑的噗噗声。他们谁也不说话。男孩盯着跟前很肥的猪。它走几步,停下来,寻觅路边的青草,嘴里发出吧嗒吧嗒的声响。耽搁得久了,母亲便拿一根细细的棍子,轻轻地敲在它的屁股上。他抬起头可怜巴巴地望着母亲。这时猪又扭着屁股,吃力地往前走了。整条路上,他们没遇到一个人。除了远处的村口,路边的人家没透出一点光亮。

他们走走停停,花了将近一刻钟才来到村口的露天屠宰场。屠宰场的水泥台子旁,高高竖着一根竹竿,挑出一盏一千瓦的大灯泡,兹拉拉地向外射出耀眼的光芒,在黑夜里勾出一道道光晕。

早已候在屠宰场的两个人停止交谈，站起拍拍屁股，迈开懒懒的步子，朝他们走过来。父亲迎上去。几个人压低嗓门说话。男孩并未留心听。他一眼不错地盯着那只猪。灯光直直地打在它身上，浑身雪白的毛，好似无数根冰冷的钢针。他冷得起了一身鸡皮疙瘩。他看到它在空旷的屠宰场上自由自在地溜达，后来在屠宰场边停了下来。他好奇地走过去，看到一丛绿油油的草。那么肥那么大的一头猪正专心致志地吃那么小那么嫩的一丛草。也许这是冬天里最后一小丛嫩绿的草了。男孩的嘴角不由得弯上去。

此时，父母和屠宰场的人商量好价钱了。

"没问题！你们准备好了？"那个年长的屠夫说。他脖子上系着一条油腻腻的、几乎看不出本色的蓝色围裙，围裙下摆一直垂到膝盖，来回摩擦着一双打了补丁的黑色高筒雨靴。

"准备好了。"父亲很有把握地说。

"那好，开始吧。"年长屠夫说。他从油腻腻的围裙口袋里抽出一根烟，斜斜地叼上，年轻的屠夫给他点着了。

年长的屠夫扬起下巴，眯着眼睛，猛吸一口，从鼻孔里喷出一大团白色的烟。他抓过桌上的一条很粗的麻索，将末端一圈一圈紧紧绕在黑油油的右手手臂上，背对灯光朝猪走去。烟头红红的火光在他的阴影里一闪一闪的。他俯下身子，伸出左手，轻轻地抚摸猪的脊背，右手趁势将麻索另一端可以活动的套子套进猪脖子。那只猪抬了抬头，仍低下脑袋吃那一小丛草。他直起身子，往后退了几步，突然，右手往后一拉，麻索被扯紧了。刹那间，猪被雷电击中了似的，又仿佛肥大的身子落在了钢丝床上，不停地上下乱蹦。地上的灰尘噗噗响。猪和屠夫之间，麻绳瞬间松开，瞬间绷紧，如一条灰褐色的毒蛇。年轻的屠夫冲过来，拽住了猪的一只后脚，父亲也躲闪着跑过去，揪住了猪尾巴。只听得三个男人嘿哟一声，然后"乓"的一声巨响，猪已经给重重地扔上一张血迹斑斑的桌子。三个男人一起压上去，猪嘶哑地嚎着，动不了了。

男孩一瞬间目瞪口呆，似乎不知道发生了什么，直到年轻的屠夫把一柄长长的刀子递到年长屠夫手中，他才一下子明白过来：他们说要杀猪，真的要杀猪了。可是已经晚了。刀子连同屠夫黑油油的手，从猪柔软的脖子插进去，一会儿，红色的手连同红色的刀子，一齐拽出来。——停顿了半秒钟，或许更短一些，血畅快地喷出来了。猪雪白的脖子仿佛垂了一条鲜艳的红领巾。

男孩望着它张大的嘴巴和眼睛，一点声音也没听见。一点声音也没有。屠夫嘴唇边，烟头红红的火光在黑暗里一闪一闪的。男孩冷得浑身颤抖。他朝猪跑过去，母亲拽住他，他使劲挣脱了。"你来做什么？离远点儿！"父亲端着个盆接猪血，抬起头瞪他一眼。他害怕了，退了一步，又忍不住往前跨了一步。猪脖子流出来的血越来越细了。他什么也做不了。血流尽后，猪被抬到另外的地方。他做不了什么。他哭泣着蹲下，盯着地上一小片残留的血。血正静静地渗进土里。

过了几天，真要过年了。太阳光在黄泥墙上簌簌摇晃，迟缓了，厚重了。石榴树丛里，嫩芽儿悄悄撑开了，在细细的风里颤动。那几个咕嘟着的花苞裂开嘴唇，伸出嫣红的花瓣，如一片片颤巍巍的小火苗。几只蜜蜂飞来，在树丛里嗡嗡嗡飞进飞出。男孩和哥哥在树下玩耍，隔不了多久，就会听到鞭炮声隐隐传来。大年三十那天，从下午开始，村子就被鞭炮的声响淹没了。哥哥不时跑进厨房问母亲："饭做好没？饭做好没？"母亲总是回答："猪肉还不烂。"哥哥跑进跑出，几乎将厨房门槛踏平了。终于，天擦黑的时候，饭做好了。哥哥在草绿色的裤子屁股上擦擦手，从父亲手里接过一串鞭炮，一跳一跳跑到大门口去了。男孩没紧随哥哥跑出去。他站在堂屋门前明亮的灯光下，等待着什么。像是等了很久，鞭炮声在大门外噼噼啪啪响了。哥哥已经小心翼翼地点燃了鞭炮，不过在这之前，他一定会偷偷将鞭炮摘下几个藏起，过几天再拿出来放，好再次向他炫耀一番。他每年都这么干。门外的鞭炮声很快歇了。更多鞭炮声从村子里时断时续传来，从更远的地方缥缥缈缈传来。空气里弥漫着一股刺鼻的火药味。

哥哥叫着嚷着跑回来，衣兜鼓鼓囊囊的。

"胆小鬼！"哥哥站在院子里，歪着毛茸茸的脑袋，大口喘着气说，"连放炮都不敢出去。真是个胆小鬼！"

"我不是！"男孩反驳道。

"别抵赖了！"哥哥对他的反驳不屑一顾。

"我说不是就不是！"男孩恶狠狠地盯着哥哥，暗暗捏紧拳头。一团火在他心底腾地烧着了。他浑身充满力量。他想跟哥哥好好干一架。

"你们两兄弟快进来吃饭吧。"母亲在堂屋里喊,"又大了一岁了,两兄弟怎么只会吵架?猪肉都冷了。"

哥哥从他身边跑过,鼻孔里哼了一声。

男孩没有立刻进屋。黑暗越来越重地压过来,旧年只剩下一个尾巴尖儿蜷在院子里了。男孩脑袋里回旋着母亲的最后一句话,又想起地上的那一摊猪血。血静静地渗进红沙土。——他想,血,渗到什么地方去了?

夜　眼

若不是偶然到山东东阿阿胶参观，我定然是要完全忘记了他了。大巴停下后，车门刚刚打开，我就闻到了，多么熟悉的气味儿啊——驴粪味儿一阵一阵，冲到鼻子跟前来了。那略带苦涩的味儿，隐约可寻见青草的气息。走下大巴，随着人群来到驴舍前，一下子被惊到了。这是毛驴么？高大，健壮，毛色亮黑，四蹄如盏，双耳修长，两眼有光……这不是我印象里的毛驴。印象里的那头毛驴是小的，并不比七八岁的我高多少。循着记忆的光亮，我低头去看毛驴的前腿内侧，一小块圆圆的伤疤样的地方。我下意识地伸手摸了摸自己头顶左侧的伤疤，朦胧的记忆彻底从时光的茫茫暗夜里苏醒了——

云南山间的夜，黑如倒扣在锅底。我在这暗夜里，渐渐看到一缕缕淡漠的光了。

十岁之前，我有好多年和爷爷睡在阁楼上，阁楼是用劈柴隔出来的。劈柴堆成了隔墙，还堆出了一扇窗。床是靠房子的土墙摆放的，躺上面一套头，就看得到劈柴堆出来的那扇窗。窗户多是用一块青布挡着，但这并不妨碍光透过劈柴间的缝隙漏进来。

漏进来的光线越来越多。

远远的,听见叮当叮当的响声了。是马铃铛的声音。那声音孤零零的,非常执拗,像是一个小棒槌,要一下一下敲开这黑夜的锅底。我翻了个身,在黑里睁大了眼睛。那声音越来越近了,我没法再躺着了。

"阿公,阿公,你醒一醒!"

爷爷的呼噜声停了停,又响了起来。

"醒一醒!醒一醒!"

"唔唔……"

叮当叮当,马铃铛的声音朝着院子里来了。

爷爷披了大衣,摸索着从土墙上摘下马灯,摸到了枕头底下的火柴,擦了一根,揭起灯罩,点亮灯芯,复又合上灯罩。小小的火苗跳了几跳,安稳了。爷爷拎着马灯,马灯吱扭吱扭响。我跟定爷爷,一步一步下楼梯。楼梯咯吱咯吱,脚步啪嗒啪嗒。此时,马铃声叮当叮当,已经响亮在院子里了。

"来了?"爷爷朝院子里举起马灯。

"来了,一路上霜下得白花花的!"叔公搓搓手,聚拢在嘴边,嗬嗬嗬哈气。马灯照亮他沟壑纵横的脸,他正冲我龇牙咧嘴呢。

"小图也起来了哟?!"

我没理会他。我从爷爷手里抢过马灯,举在眼前,定了眼神,去看他身后的马。那是一匹白马,黑夜都藏不住它的白。

在黑夜里,它非常突兀地白着。身上的鞍鞯磨得光滑异常,两侧挂着鼓鼓囊囊的几垛萝卜。白马低着头,嘴巴凑到地上,在吃草呢。凑近了马灯,白马忽地抬起头来,两只眼睛闪闪发亮,唬得我倒退了两步。

"哈哈哈哈……"叔公大笑,"小图你什么时候才能胆子大点儿呢?"

满面羞赧,幸好有黑夜藏身。

叔公走到白马身后,伸手在货物里寻摸,摸出一个纺锤样的东西递给我。

是个巨大的青色松果。

我得了宝贝,走到一边研究去了。松果用两只手都不能攥住,凉冰冰的,鳞片紧紧咬合着,放在马灯跟前,泛着幽暗的光。爷爷迎了叔公到堂屋,他们的话偶尔飘过来一两句,"天旱","粮食","日子不好过"。不多时,堂屋里烧起了一炉火,火光灼灼,叔公的光头亮晃晃的,长长的胡子被热气一拂,高高地撩起。他伸出一只手,去压住胡子。这样子让我暗暗发笑。坐在他对面的爷爷要严肃多了。这哪里像是两兄弟呢?

玩腻了松果,看见院子里亮开了。天色瓷白,云朵如缕,曙光描出对面的瓦屋顶。白马驮着的萝卜卸掉后,显出了一份孤独。它沉默着,仍旧低垂了脑袋在啃食院里的草。脖子下的铜铃铛不时轻轻地响一声。

"我要骑马!"我冲堂屋里喊。

"你还小，骑什么马?!"

"不小了！我要骑马！"我又喊。

"你再叫！小娃家家，不听话！"

"小图想骑，就让他骑嘛。"叔公从堂屋里走出来，抬头看一看天，又看一看我。

"你是不晓得，他骑了这一回，还不知道要骑多少回。"

"就骑一回！我还一回都没骑过呢。"

"你信他的……"爷爷弯腰熄灭了马灯里的火。

"就让小图骑一回嘛。"叔公对爷爷近乎是哀求了。

"给你叔公什么好处了你?"爷爷瞅我一眼，"你要是自己能骑，你就骑吧。"

我看叔公，叔公也正低头看我。

"怎么样?"叔公的眼睛亮晶晶的。

我望向那匹白马。白若闪电的马，白若雪光的马，白若梦境的马。白马就立在清晨的院子里，静悄悄的，仿佛在等待着什么。

"我不会骑……"我低声说。

很快就到告别的时候了。叔公和爷爷重新把货物驮到马背上。他们说着话，牵了白马朝院门口走。过了小石桥，叔公摸摸我的脑袋，手拉住缰绳，脚踩上马镫，忽地一翻身，便稳稳地坐在马背上了。

马蹄哒哒。白马消逝在曙光里。

再要见到白马，不是等一两天就可以的。赶集七天一轮，况且，叔公并不是每次赶集都来。每到赶集那天，我便睡不安稳，不时醒过来，竖起耳朵听。远远的狗吠声。邻近的鸡叫声。院子里的蟋蟀声。声声入耳，若真若幻。这一切的声音让暗夜变得愈加冷寂和辽阔了。我想象着，无尽的夜色底下无尽的旷野铺展开，一匹白马远远地奔来，马蹄哒哒，敲碎了一切的声音……转瞬间，又只是听见近的远的蟋蟀声、鸡叫声、狗吠声。

忽地，我发了疑惑了。夜这么黑，白马怎么看得到路呢？总不成叔公手里还要举一盏马灯？但我分明没见到他手里有马灯。

这问题冒出来，便再也按压不下去，一根尖溜溜的刺，扎得我辗转反侧。

我知道，若是去问爷爷，爷爷肯定是那句话，小娃家家的，问那么多做什么。

再见到叔公，是快过年的时候。院子里的草枯黄了，不时有麻雀从屋顶掠下，在草窠间找吃的。我想起叔公来了。有一年冬天，是他教我怎么用簸箕捉鸟。我找来簸箕，找来一把秕谷，又找来根短棍和一条五六丈长的麻绳，在院子的枯草间扫出一小片空地来，洒下了秕谷，支起了簸箕。一早起来，天上浓云密布，早饭过后，云彩被风吹开了，阳光在簸箕周围洒下一片金色。麻雀们正试探着进入这片金色。什么声音？麻雀们忽然立住了，不动了，是马铃铛声，我听到了，那声音忽然就近了,就在大门口。我感到小心脏突地跳了一下,忙不迭地站起,跑出去,院子里的十多只麻雀扑噜扑噜射向天空。我差点儿撞上那匹白马。

"小图,你阿公呢?我饿得前胸贴后背了。"叔公大声嚷嚷。

爷爷从后院转过来,说:"也不瞧瞧什么时候了,哪里还有饭吃?"

家里人手忙脚乱地做饭。

叔公从来没在中午到过家里。白马身上只有一副磨得光滑的鞍鞯,没大包小包的货物,大概是都卖掉了吧?叔公和爷爷在堂屋里聊天,白马的缰绳松松地系在石臼上。

"叔公,你怎么来这么晚?我们早饭都吃完了。"

"萝卜越来越没价了,那么两大垛,才几个钱!"叔公似乎没听到我说什么。

"做什么都不容易啊。"爷爷很疲惫似的。

"批发一角钱一斤,零卖,也不过一角五一斤……"

"叔公,你来这么晚,是不是怕夜里摔沟里?"我忽然冲堂屋里喊。

"什么?"叔公总算听到我的话。

"你以前不是总在夜里骑马吗?你要给马点灯吗?"

"哈哈哈……"叔公一阵大笑,"给马点灯?怎么点?"

"那你不怕摔到沟里吗?"

"马有夜眼,怎么会摔呢?"

"夜眼?!"我第一次听到这个词。

叔公带我到白马跟前,我第一次注意到,白马膝盖那儿有块暗色的疤痕。

"腿上长眼睛了,还能摔沟里?"

想不到夜眼是长在腿上的,我还以为是像二郎神那样长在两只眼睛中间呢。

"夜眼什么时候睁开呢?"

"夜眼嘛,当然是要等夜里才睁开咯。"叔公哈哈笑。

想要仔细看,又不敢靠太近。生怕白马一尥蹄子,把我踢飞了。

饭菜做好了,菜香诱人。若在往日,即便刚吃过饭,我也是要去蹭一碗吃的。这天我没动。我围着白马打转,目光不离开白马的四条腿。四条腿快和我一般高了。只要低一低头,我就能从马肚子底下钻过去。我不敢钻过去,生怕被白马压扁了。我围着白马打转,前前后后四条腿,只有前面两条腿的膝盖那儿有夜眼。为什么后面的两条腿就没有夜眼呢?当然是因为看路的主要是前面两条腿。我腿上要是也能长一双夜眼多好啊……我放任自己浮想联翩,胡思乱想,想入非非。

白马啃食尽周身的枯草,寻寻觅觅,慢慢靠近了石阶。意识里忽然擦亮了一根火柴,让我重新看见了白马,看见了白马身上那宽阔无比的鞍子。

跑到台阶上,屏息凝气地等着,等着……

白马靠近的一瞬间,我犹豫了一下,飞快地做了决定。一只手没去抓缰绳抓住的是马鬃,另外一只手没去抓马鞍却扶住了马脖子,右脚踩到马镫上摇摇晃晃摇摇晃晃啊我翻身上了马,屁股落到鞍子上硬邦邦凉冰冰坐了一个灼烫的铁飞盘。马明显愣了一下,忽地朝前一冲,嘣的一声,缰绳绷紧了又缩回去,松脱了光滑的石臼,白马如白光,呼地就冲出去了。

天空,白云,瓦屋顶,阳光耀眼极了,几只麻雀浮萍般聚拢又飘散。

呼喊是一根根惊叫的稻草。

白马人立起来,我恍若迎面撞上了一堵白色的墙。时间停滞了一秒钟,加速运转起来,我已经跌落墙角了。白马的眼睛,如同两片倒悬的幽蓝湖水。

时间似乎又停滞了。眼前繁星闪烁,嘴里吐不出一口气,不知过了多久,一口浊气从嘴里吐出,胸口剧烈地起伏着,听得到脆弱的肋骨嘎吱嘎吱响。蓝得要渗出水来的天空近了,又远了,许久才调整到原初的位置。

后脑勺热乎乎的有液体在流动。

我被家里人拉起来,我没听到他们的惊叫,只看到他们的嘴巴张得大大的,红红的舌头像是柔软的小火苗。我瞥见那匹白马,正悠然自得地站在不远处,低头啃啮地上的枯草。

叔公不知从哪儿搜罗来几张蜘蛛网,吹掉上面的浮土,重重叠叠地按压住我头顶的伤口。汩汩的血慢腾腾止住了,只是疼痛仍旧如一口倒扣的大钟,久久在头顶鸣响。疼痛让我非常丢人地哭出了眼泪,泪水滴滴答答,止都止不住。

"你该高兴啊,你这脑袋上哟,看来也要有个夜眼了。"是叔公的声音。

"我也能在夜里跑?"许久,我龇牙咧嘴说,眼里噙着泪。

"能啊,当然能!"叔公笑得很开心的样子。

夜里躺在阁楼的床上,早已止住血的脑袋仍然疼得一跳一跳的,就如一颗一颗闪烁的星星。半梦半醒间,我禁不住去想象,我像一匹真正的马那样,奔腾在旷野里。那旷野是无穷无尽的,星光和月色都不能限制它的宽广。

连续好多天,头疼得睡不着。爷爷听我辗转反侧,便在夜里悠悠地说话。阁楼空旷、黑暗,听得见老鼠叽叽喳喳追打的声音。爷爷常说,那是老鼠嫁女儿呢。爷爷一说话,老鼠们便不嫁女儿了。阁楼更加黑暗了。

二十岁前,爷爷和叔公是一家,家在深山里一个叫做崖子头的村子。二十岁后,爷爷入赘到山下。在我出生前十来年,家里失火,房屋家具都烧光了,人倒是一个没伤着,全傻站着望着腾腾烈焰哭不出声。爷爷对着满地焦黑的废墟,叹了一口气又叹了一口气。叔公说,要送爷爷足够重盖一间屋的木料,爷爷只需要到叔公家的山上去砍树就成。

"那怎么把木料运下山呢?"

"砍树容易,运木头难啊。那时候哪有拖拉机,光靠人?那怎么成!还得你叔公帮忙。他把家里的马借给了我。哦,就靠那一匹马,一棵一棵把木料驮回来了。"

"是那匹白马吗?"

"是那匹白马……白马比你年纪大多了……"

叽叽喳喳,叽叽喳喳。爷爷的声音低下去,低下去。老鼠应该是忙着娶媳妇了。

头顶的伤口结痂后,形成一个圆圆的凸起。不时地,我忍不住伸手去摸一摸,甚至抠一抠,稍稍用力,指尖有了一片血痕。几天之后,伤口痊愈,便可以再次抠下一片痂块。端详那痂块,有些红,有些暗,如同一片冰冻了的小小焰火。

院子里的草返青了,牛筋草、车前草、蒲公英和马齿苋东一丛西一丛的。我想,白马得多喜欢这时候的院子啊。白马怎么还不来呢?

偶尔也听到马铃铛声,由远及近,由近及远。甚至不是一匹马的铃铛声,是一整个马队的。那就不止有铃铛声了,还有领队的锣声,咣,咣,咣,一下一下不紧不慢地敲响。在太阳底下听来,叫人产生一些模模糊糊的远方之类的想法。

白马那熟悉的铃铛声响起,是在一个黄昏。

"你来得越来越晚了!没饭吃了!"我从院子里的杂草丛中站起。

叔公嘀嘀嘀笑,露出被烟熏黄的牙齿,光头如同猪尿泡一样在夕光的河流中熠熠发亮。

"好了伤疤忘了疼啦?"

"什么伤疤?"

"哦哦，夜眼，那只夜眼。"叔公

我这才想起头上的伤疤，哦，那个被说成夜眼的伤疤。

"你骗人，夜里我照样什么都瞧不见。"

"怎么会呢？没道理啊。"叔公把缰绳拴牢在石臼上，走到我跟前，扒拉开头发看。

"还没长好，你再等等，等等就能看见了。"

"夜眼要长腿上，长头上没用！"

"有用有用，怎么会没用呢？"叔公很认真的样子。

家里人的晚饭还没准备好，白马已经把周围的一圈青草啃干净了。

"今天这牲口饿坏了。"叔公围着白马转来转去，很心疼的样子。

"我带你们去吃草吧！"

"我不吃草，带这牲口去吃就行。"叔公哈哈笑。

叔公和爷爷打了声招呼，不等他吩咐完，就牵了白马和我出门了。这还是我第一次和白马出门啊。路上遇到小伙伴，他们看我的眼神不一样了，我看他们的眼神也不一样了。我没法不去想象自己骑了白马在路上飞驰是何等的威风八面不可一世。

村外有两亩地，撂荒了两三年，四季荒草丛生。这时节里，除了一丛丛开满碎白花的小水杨梅，便是绿蓬蓬的青草。白马走进去如一朵云掉进绿水间。蛱蝶飞舞，蚂蚱乱蹦，这画面陌生又熟悉。

"小图,要骑马吗?"叔公笑眯眯地瞅着我。

"骑……我不会……"我本来想说不敢骑的。

"这有什么不会的?"叔公仍然笑眯眯的。

叔公不等我答应,两手托住我的胳肢窝,猛地朝上一举,我稳稳地坐在了马鞍上。

"两只脚踩在马镫上,手抓住缰绳……"

身体簌簌发抖,好一阵子,才稳住了。呼吸,呼吸,眼望前方。叔公无声地笑了。坐马背上望下去,叔公就是个矮小的老头儿,光光的头顶闪闪发亮。我想起来,他刚刚举起我时,两只手竟然一直在抖。

世界完全是不一样了。

风不再是风,是马背上的风。阳光不再是阳光,是马背上的阳光。云也不再是云,是马背上的云。世界是抬高了还是降低了,是变轻了还是变重了,是遥远了还是迫近了?总之世界是摇摇晃晃的。好一会儿,低头看看,马不过在原地踏步,还没走呢。真正走出去,世界就如装进了一个玻璃瓶子里,被个顽劣的小孩儿颠来倒去。"你不要放手啊!……"我一遍遍喊。叔公的笑声支离破碎。我紧紧俯在马背上,马柔滑的肌肤蠕动着,咻咻的鼻息响动着,浓烈的气息蒸腾着……许久,我看到脚下的地、远方的水、天上的云迅疾地撞到我身上,纷纷乱乱地散落开,又呼呼隆隆地聚合起……

回家的路上,我挺直身子,手握缰绳,安坐马背上,看到黄昏里矮了许多的房屋、树木、人们一齐仰视着我,看到他们呆若木鸡，倒退着离开。

　　我不会想到，这是我最后一次骑马。我总在盼望着，叔公什么时候再来。我太怀念屁股坐在马鞍上那种辣乎乎的感觉了。赶集的日子过去了一个，又过去了一个，又过去了一个，又过去了一个，又过去了一个，又过去了一个，又过去了一个……在黑暗的阁楼上，我听爷爷说话，爷爷的声音弱下去，响起一阵猛烈的咳嗽声，屋顶的老鼠们猛然间叽叽喳喳，又忽地噤声，不再嫁女儿也不再娶媳妇了。我忽然有些害怕。

　　越来越经常地，爷爷的讲述会被一阵突如其来的咳嗽打断。似乎受了感染，我有时候也会跟着咳起来。我发现，咳嗽时会看见黑暗里有一双明亮的眼睛盯着自己。

　　半梦半醒间，看得到一匹白马行走在黢黑狭窄的山道上。白马身上没有货物也没有人，不知道叔公去哪儿了。白马自顾自地蹀蹀地走着，山道越来越陡峭，白马走起来也不免有些费力。宿鸟发出咕噜咕噜的梦呓，白马停下来，犹豫不决的样子，突然，一阵风过，白马转过身来，两只眼睛如同马灯照耀，膝盖上的夜眼忽明忽暗。不多久，白马的两只眼睛两只夜眼俱暗了下去。余下一条山道空落落地发冷。

　　"啊……啊……"我被自己的惊叫声吓醒了。

　　爷爷正半坐在床上，吭吭吭地咳嗽。有几缕月光从劈柴的缝隙间溜进来，白马的鬃毛一般曲曲扭扭地缠在我身上。吓得我浑身一凛。

好几个月后——是多少年来间隔最长的一次，叔公到家里来了。

叔公身后不见了白马，随他拐进院子来的，是一头黑不溜秋的动物。

"白马呢？"我朝那头东西身后看看，确定没有白马。

"几个月不见，想你叔公了吧？"叔公哈哈大笑。

"你怎么骑上驴了？"爷爷迎出来。

"不得已啊。"叔公叹一口气。

"白马呢？"我急得跺脚。

"卖了……哦，不，摔伤了。"叔公有些尴尬地笑笑。

"怎么会摔伤了？"

"夜里不小心摔伤了嘛，歇几个月就好了。"

"你不是说白马有夜眼嘛？有夜眼怎么还会摔伤？"

叔公又是尴尬地笑笑。

黑驴拴在了原先拴白马的位置。它不时挪动着脚步，大大的眼睛盯着我。我刚走近两步，它忽然一阵吼叫。怪异的声音犹如雷劈，紧接着，它朝后踢了一脚，连连蹦跶。我吓得再也不敢走近半步，只能远远地看着。

"别看这头驴小，倔得很！"叔公在堂屋里看见了，又一阵爽朗地笑。

我站在堂屋外，远远地瞅着黑驴。爷爷和叔公看看我，靠近了脑袋小声说话，半截半截的话不时递到我耳边。

"日子艰难……多换了几百斤粮食……撑一阵再说……脚

力更好……绝症……什么都不管用……人这辈子啊……"

他们的声音越来越低沉。忽然，我听到低低的啜泣声。我被一种不可名状的东西压抑着。不敢朝堂屋里看，究竟是谁的哭声，也不敢去探究。我只能去看那头黑驴。黑驴就在几米开外，院子里阳光耀眼，白的云，蓝的天，绿的树木花草，都在各自的色彩里耀眼极了。黑驴似乎适应了这个院子，也像白马那样，低下脑袋啃地上的杂草。

叔公来得频繁多了，几乎是每个赶集的日子都会出现，给家里带来苦荞面、菌子、松子，又或者是一只母鸡，一块腊肉。他总是笑呵呵地说，山里的东西，吃了对身体有好处。爷爷每次都要推让一番。当然了，推让的结果，总是叔公获胜的。叔公走的时候，家里也会送叔公一些东西，叔公也推让，面红耳赤，几乎要打起来。这时候，推让的结果就很难说了，有时候仍然是叔公获胜的。他空着手，牵着黑驴走了。黑驴脖子底下的铃铛叮当叮当，一路寂寞地响。爷爷杵一根松木拐杖，站在空落了的院子里，长吁短叹。

我没骑过黑驴。我没提出来过，叔公也没问过。它太小了，压根不会让人产生骑它的想法。叔公似乎也是从未骑过它的。黑驴一次次到家里来，我一次次隔着远远的距离看它。时间久了，它似乎也熟悉了这个看他的家伙，也就瞪着两只大眼看我。我自以为是地朝它走近两步，不料，它又是一连串怪异的呼啸，又是踢脚又是蹦跶，我吓得赶紧回到原先的位置。它昂了头,重又瞪着两只大眼瞅我。

"白马呢?白马还没好吗?"我问叔公。

"快了,快了。"叔公总这么说。

黑驴发出一阵怪异的叫声,嘲笑我似的。

"小图不喜欢黑驴吗?……你不晓得哦,黑驴的本事大着呢。"

"黑驴有夜眼吗?"

"有,当然有!"

叔公走出堂屋,拉了我的手,朝黑驴靠近。我往后缩着身子,叔公笑一笑,松开了我的手。黑驴仿佛完全不在意叔公走到跟前。叔公抚摸着黑驴的背脊,指了它两条前腿膝盖处给我看。隔着两三米的距离,我注意到,和白马一样,黑驴腿上也是有一双夜眼的。

"真有啊……"我说不出是高兴呢还是失落。

"你别看小看它,它比马有耐力,皮子还能熬胶……"

"熬胶?"我想起妈妈常用来骂人的那句话:谁又不求你的大腿熬胶!

"对哦,阿胶,那可是补药!"叔公朝堂屋口看看,若有所思。

几个月来,爷爷不再上山挖松根,也不再到田地里去。他每天就靠在堂屋门口的板壁上,睁了眼或闭了眼发呆。最近,他闭眼的时间明显比睁眼的时间多多了。这会儿,初升的太阳照亮了他一半的脸膛。脸膛黧黑,皱纹密布,如同寺庙里长眉罗汉的头颅。爷爷闭着眼睛,等待着阳光慢慢从他脸上爬过。似乎正经历生命的大欢喜,又似乎正经受着巨大的磨难。那时候的我,揣度不出来什么,只是被这奇异的画面镇住了。突然,一阵狂风暴雨般的咳嗽席卷了爷爷的身体,他咳得弯下了腰,咳得睁开了眼睛,咳得手舞足蹈。刚刚还静谧如水的阳光,被吓得叽叽尖叫着四处逃窜。

"我怎么忘了呢?!你这病得吃阿胶啊!"

爷爷虚弱地摆手,等待咳嗽的狂风暴雨过去。

"不费那个劲儿。你连阿胶都没见过……"

"怎么没见过?"叔公圆睁了眼睛,"我小时候,有一次和爹到集市上见过……"

"我怎么从来没听你说过?"

"真的,阿胶大补啊,吃了你就会好起来的。"

爷爷眼睛里闪过一丝光亮,转瞬间就黯淡下去了。

"不费那个劲儿了。我们是什么人家?还阿胶……再说,哪里就会有那么神奇?"

"不试一试怎么晓得呢?"

爷爷靠在板壁上,仰了脸,赫咪赫咪大口喘气。

叔公看看院子里的黑驴,黑驴正低头啃草。阳光在它身上披了一件亮闪闪的大氅。

一天一天过去,我终于知道了,爷爷是好不起来了。夜里躺在阁楼上,爷爷倒是不怎么咳嗽了,似乎那具躯体已经是一件老化了的乐器,没法再搞出太大动静了。他只是颓然地躺着，呼哧呼哧喘息，如厨房里的鼓风炉。"爷爷，爷爷！"一旦听不到他的喘息，我便小声喊他。"唔……唔……"他迟迟地应道。

一个多月后，家里人找木匠做了一口棺材。刚合好，没刷漆呢，我爬进去试了试。

"太大了！"我从棺材里爬出来。

"瞎胡闹什么?! 快出来！"爸爸虎着脸。

棺材一层一层刷上油漆，黑的油漆，红的油漆，艳丽无比地停放在阳光遍布的院子里。打摆子似的，我感到身上起了一层鸡皮疙瘩。

就在这天，叔公到家里来了。他早上才来过，那时候棺材还没做好呢，黄昏时，他又来了。一天里到家里两次，是从未有过的事。他一进门，分明立马就看到了院子里的棺材。他呆看了一眼，走近棺材，围着踱了一圈。

"叔公，你怎么又回来了？黑驴呢？"我发现叔公是一个人走进来的。

叔公笑笑，摸一摸我的头，不说话。

我听到了叔公和爷爷在堂屋里争执争吵。"败家啊！那么大一头黑驴就换了这么两小块？我看你是疯了！""那人说了，这是正宗的山东阿胶，换给我这么两块，还是因为看我心诚。""阿胶再好，救得了病，也救不了命啊……"他们一前一后从堂屋出来时，脸上却是风平浪静的，真让我怀疑刚刚听到的都是假的。

叔公找来小炉子、砂锅和碗，又让我到井里打回一桶水。

"你不要乱来……"爷爷拄着拐杖，靠着板壁坐下。"那么金贵的东西，你还是留着。"

"你只管坐着，等着待会儿吃掉就行。"

"你又没弄过……瞎弄……"爷爷的声音越来越低下去。

我放下水桶，又到阁楼搬来劈柴，叔公用砍刀给破成了小细条儿。塞了六七条进炉膛，团一团松毛，压到最底下，点着了火，吹几口气，火苗便很耐心地慢慢旺了。红红的火舌舔舔着乌黑的砂锅底。水慢吞吞地冒出小泡来。这时，叔公才把那只白瓷碗坐进炉子里，碗里稍微放进些水。小心翼翼地打开布包，摸出一块漆黑锃亮的东西。"小图，你瞧瞧，这就是阿胶了。"我伸手去摸了摸，硬硬的，有点儿温热，是叔公的体温。叔公很郑重地把阿胶放进白瓷碗里。又俯身朝炉膛吹了几口气。火苗腾腾地跃动着，胖娃娃似的抱住了整个滚圆的砂锅。犹豫了一下，叔公摸出另外一块阿胶，一齐投进碗里。水沸开了，碗扑腾扑腾轻轻地跳动，两块阿胶纹丝不动，稳稳当当待在碗底。许久，锅里腾起一阵阵白雾雾的水汽，一丝腥味儿透开。我几乎要捂住鼻子了。这时，只见叔公朝碗里投进几块冰糖，叮呤当啷，小小的声响融化在蒸腾的烟气之中。不时，一股蓬勃特异的清香味儿弥散开来。

"对的，就是这样，没错，应该是这样……"叔公满头大汗，梦呓般自言自语。

"来合棺材的木匠也是这么熬牛皮胶的……阿胶吃到肚里

不会粘住肠子吗?"

"怎么会呢?不会吧……"叔公明显也有些没把握了。

"没事的,"爷爷说,"死马当活马医了……"

我们看着爷爷端着小小的白瓷碗,嘴巴挨着碗沿,把那一点儿熬化了的阿胶一小口一小口喝下去。微笑不知不觉浮到我们脸上。这真是世界上最好的一个黄昏了。

我始终记得,那天喝完阿胶后,爷爷和叔公脸上的神色。那是一种从未有过的坦荡的美好。爷爷背靠堂屋门口的板壁,叔公搬了把小板凳,靠了斜对面的红色柱子坐下。两人慢悠悠地说着话,声音只够他们两人听见。我在旁边偷听了一会儿,觉得无趣,便跑后院玩去了。待我回到前院,月色满地,他们仍然保持着原有的姿势,慢悠悠地说着说。

叔公答应留下来过夜。多少年来,还是第一次。

我拎着马灯走在前面,爷爷跟在我后面,叔公跟在爷爷后面。楼梯很窄,只容得下一个人走过。我不时扭过身来给他们照路。

"小图,你走你的,我们看得见路。"叔公说。

爷爷仍然很虚弱,我走得很慢。短短的一段楼梯,走了至少十多分钟。

躺到床上,我很快睡着了,待醒了,模模糊糊地仍然听到他们在说话。

"那时候我们两兄弟……山里路滑……要不是你拽着

我……"

我蒙蒙眬眬地又睡了过去，早上醒来，对面的床铺空了，叔公已经走了。

叔公再住到家里来，也是最后一次住到家里，是爷爷下葬后的那晚。

我拎着马灯走在前面，叔公跟在后面。我不时扭过身给叔公照路。

"小图，你走你的，我们看得见路。"叔公说，"哦，我是说……"

叔公似乎忘了自己想要纠正什么。

"白马和黑驴能在夜里跑，真是因为有夜眼么？"

叔公似乎没听见。

我下意识地摸摸头顶的伤疤，看到墙上的两个影子渐渐叠在一起了。

马灯的光暗暗的，静悄悄地勾勒出阁楼的大致轮廓。阁楼是用劈柴隔出来的。劈柴堆成了隔墙，堆出了一扇窗。床是靠房子的土墙摆放的，躺上面一套头，就看得到劈柴堆出来的那扇窗。窗户多是用一块青布挡着，但这并不妨碍光透过劈柴间的缝隙漏进来。

光线漏进来的越来越多。

"小图，我们把马灯灭了吧？"

熄灭了马灯，月光愈发明晰了。

阁楼安静极了。老鼠们似乎早早办完婚礼，各自歇息了。

"叔公,那匹白马,还有那头黑驴,都去哪儿了?"

"都好好的呢,"叔公的声音像是隔了一条汹涌的河流传过来。

"你什么时候再把它们带到家里来?"

"下次,下次一定带来……"

"它们是不是已经死了?"

"死?哪个告诉你的?它们怎么会死呢。"歇了歇,叔公又说,"你晓得么?它们还生了一头小骡子,下次我带来给你瞧瞧。"

"吹牛!马和驴又不是一种东西,怎么会生?"

"不知道了吧?马和驴能生出骡子啊。"

这真是闻所未闻。那时候我刚学自然课,不记得课本上说过不同动物还能生育的。

"那骡子是马还是驴?它是黑的还是白的?它也有夜眼吗?"

"夜眼?对,骡子当然也有夜眼;骡子就是骡子,不是马也不是驴;至于它是黑是白,等你见到了就晓得了。"

叔公的呼噜声响起了,我仍然迟迟未能入睡。在一个充满死亡气息的日子里,一个关于生的谜题让我百思不得其解。第二天醒来,我对面的床铺又空了。自那以后,再也没见过叔公,也没见过一头在黑白之间踌躇的骡子。

秋或冬

孤 舟

A

那年我大四,二十二岁,她比我大六岁,不知道在做什么工作。她没告诉我,我也没问。她约我到黄山玩儿,先住黄山脚下她朋友家。那是个地势比公路要低的别墅小区,从高处往下望去,一幢幢别墅白墙黑瓦,石板小路在其间蜿蜒。看不见一个人。我已经在公路边的门房等了好一会儿,电梯上来了,电梯门打开,她走出来,朝我笑了笑。我们在电梯里一句话没说。越过她的肩膀,我看到山下的别墅群后面蓝色一片,波光粼粼,映照出一片片云影。我说这儿还有个湖啊。她很难觉察地哼了一声,就一个小水库。

放下行李后,她说要带我在四周转转。走着走着,就到了水库边。水面幽静,四面山峦平缓,山上遍植毛竹,苍翠欲滴,白云浮动。我们沿着大理石石阶往下走,石阶洁净,只偶尔可见几片竹叶。石阶边堆挤着大片草本植物,绿得仿佛在发出低沉的嗡嗡声。

你在这儿住多久了？明天一早我们就出发？这儿到黄山顶得多久？……总是我在问，她答。语言和语言，隔得很远的样子。

水库边系了一条船，船舱里有些晒干了的荇草。

要划船进去么？我笑笑。

好啊。她说着边去解缆绳。

我愣了一下，帮着去解缆绳。是棕绳，勒得手疼，半天解不开。可是为什么要解开呢。我忽然想。朝上一提，缆绳便离开了木桩。

我和她先后上了船，船在身下摇摆了一下，我顺势回身想要拉她的手，她避开了。记得她穿一条白底红花长裙。她俯身敛了裙裾，径直跳上了小船。船身摇摆，她趔趄了一下，我再次去拉她，船一摇，又错开了。

我们轮替着在水库上晃荡，水声轻柔，波痕在船尾拖曳。

蓝天，白云，青山，沉在水底。百米开外，有两个男人在不远处的竹筏上，抛出一张网。

我们找了干净的地方，在船舱中坐下。船舱里的荇草干了，捻在手里轻飘飘的。我随手把荇草扔在水面，水面只是起了一点儿涟漪，荇草并不沉下去。

不记得我们说了些什么了，大概是些暗示性的话吧，当然，我知道自己在暗示她，但我不确定她说的那些话是不是也在暗示我。可能她什么都没暗示，只是些平常的话吧。但那时候，我总觉得自己心跳得厉害。

那些未生即死的语言，那些吹过脸侧的风……

后来的事，你大概想到了吧？

是的，我们的船在水库里漂来荡去，怎么也出不去了。原本，我们以为自己控制着船的方向的，直到此时，我们才意识到，是船在控制我们。水库上有个区域是用网拦起来的，大概那里面养着什么鱼吧？眼看着小船一点儿一点儿朝网里去了，远处那两个男人停住了手，望向我们。我们想尽办法划动船桨，船似乎离开了网一点儿，不一时，又荡回去了。一点儿一点儿的，竟然撞进网里去了。船帮给网带了一下，朝一边倾斜，我惊得慌忙站起，她反倒蹲下了，两只手紧紧扳住船帮。那两个男人朝我们喊着什么，听不清。

简直永远出不去了。

渐渐的，我似乎琢磨出一些门道来了。我让她停下，我一个人来划。应该能出去的，一定能出去的。我嘴上这么说，实在却并没多大把握。船愈发晃荡得厉害了。焦躁，惧怕，无奈，疲倦……同样的情绪袭击着我们。

"然后呢？有人来救你们了吗？"小 A 轻笑，娃娃脸上有浅浅的酒窝。

他停下讲述，望向窗外，窗帘卷起一角，帘外是阳台，阳台外是上海的秋天。

认识一年了，带小 A 和朋友吃饭，还是头一回。他听她说过好多次，"我们如果是真的谈恋爱，那多好啊，每到一个地方,可以见见共同的朋友,不用像现在这样,总是窝在宾馆里。"有一次,她甚至感慨,"对我们来说,这宾馆怎么像是监狱啊。"

他酒量不错,小 A 酒量也不错。可昨晚,他们都喝多了。

醒来后,他们是在宾馆的床上,又回到了他们熟悉的小世界。他拥抱她。她侧过脸来,顺势吻住了他。他们慢慢地动作着,身体里的力量慢慢苏醒。温暖的肉体,柔软的肉体,毒药一般致命的肉体……他们恨不得有十只手十条腿,纠缠绞揉成一个拉不开扯不断的整体。他压住她像是投身温热的宿命的绵绵无尽的水,直到她在他身下,传递一阵熟悉的颤抖。

"你喜欢我这样吗?"

"哪样?"

"就是最后那样。"

"哦,你说那样颤抖吗?喜欢啊。"

"真的啊?我自己也喜欢那样,特别舒服。但他不喜欢。他不喜欢我动……"

他们并排躺着,仰面望着天花板。

一盏巨大的枝形吊灯,淡淡的影子,影子轻轻晃动。

许久没话,窗帘呼呼卷起,裹挟新鲜的风,扑到他们身上。昨晚竟然回来竟然忘了关窗。不止忘了关窗,他连怎么回来的都忘了。

"昨晚喝多了,我们怎么回来的啊?"

"我也多了……"她忽地坐起,"我的包呢,拿回来了吗?"

他们找遍房间,也没找到包。他给昨晚一起吃饭的朋友打电话,又给饭店打电话,没一个人见到她的包,回忆起来,都说她是带在身上的。

包里有钱包、证件、银行卡,还有充电器。万幸的是她的手机不在包里在床头,然而再一看手机,只剩下一格电了。他四处搜寻时,小A打了一圈电话,挂失了所有的银行卡。

"你是怎么送人回来的啊?"小A终于没忍住。

"真不好意思,我也不知道怎么回事就喝多了。"

"现在怎么办啊?"她几乎是打着哭腔了,"我还有好多事要处理啊,手机快没电了。"

"要不,我先出门给你买个充电器吧。"

小A歪过头不说话,眼里似乎噙着泪。

"那好吧,你快去快回。"

他穿衣穿鞋时,小A就一直裸身裹了白被单坐在床上。系好鞋带,他在床边又坐了一会儿,不知道说些什么好。"那我走了,很快回来。"他拍拍床,出去了。

阳光清冽如水,草坪绿意盎然,一树橙黄的银杏孤立在不草坪中央,一对情侣模样的年轻男女围着树拍照。走到宾馆外的小巷,左右看看,并没几个人。这一带他不熟悉,胡乱走了一阵,问了几个人,又走了好一段路,总算找到一家已经开门营业的卖手机配件的小店。买了充电器,他的心情稍稍放松了些,回宾馆几乎是一路小跑。进门,充电器递给小A,小A不看他,低头给手机充上了电。

"谢谢你。"小 A 说,"跑很远吗?"

"真不好意思,怎么会把你的包弄丢了。"

"也只能怪我自己……"

她仍旧坐在床上,在手机上飞快地打着字。他穿戴整齐,坐在床边,窗帘被秋风高高掀起,撩到了他的脸上,他朝窗外望去,落地窗脚下,不正是她的蓝色牛仔包么?

都不敢相信这是真的。

"白忙活了。"她总算露出了笑容,有些不好意思似的。

近乎凝固的气氛松动了。时间还早,按照往常,他们还要再睡好一会儿的。但如今他都穿戴整齐了,还要脱了衣服钻进被窝去么?他莫名地有些不好意思起来了。她也有些不好意思似的。他讪讪地靠在了床头,两条腿撂在床边的椅子上。她裹着被子,挨近他,他隔了被子抱住她。她身材娇小,小孩儿似的。

"再睡会儿吧。"他拍拍她乱发蓬松的脑袋。

"嗯。"她点了点头,又抿了抿嘴,一副孩子像。

她在她身边躺下,浑身裹紧了白被单,侧过身去背对他。

"你和我说说话吧。"她小声说。

"说什么呢?"

"说说你喜欢过的女孩儿,你愿意的话。"

她第一次问他这个。他有些意外。

"很多都忘了,其实也没很多了,真正的喜欢能有多少呢?"

"你说,我想听。"她闭上眼睛,脸上酒窝浅浅,浮现出笑意。

"想起一个,可我并不知道我有没有喜欢过她。但我和她,真是认识好多年了。有一次她约我去黄山,那是我和她认识的第四还是第五年吧……"

肥大的窗帘一次次卷到他们身上。谁也没想过去关上窗户。

他说话时,不时瞥一眼她的脸,她不时噘一下嘴巴,似乎告诉他,她在听呢。

"肯定有人来救你们的。"她说。

"是啊,有人来了,就是远处一直盯着我们那两个人。他们来了,只是淡淡地问,划不出去了?我说是啊。便有一个人跳到我们船上,三两下调整了方向,很快就将船划出去了。简单得让人难以置信。后来我想,如果他们没来,我们一定会崩溃的吧?更糟糕的是,我不会游泳,她也不会游泳,"

"然后呢?"

"然后?就是下雨了。大雨滂沱,黄山是上不去了。我和她被困在别墅里,直到假期结束,雨才停住。我得下山回学校了。"

"你和她那几天做什么呢?"

"每天一起吃饭,偶尔一起看电影,大多数的时间,就是各自在房里待着。"

"就这样?"

"就这样。"

"不像你……不过也像你。"

"现在回想起来,我也很难相信我和她那么多天什么也没做。"

"你……为什么要讲这个故事呢?"

他不说话,盯着头顶的枝形吊灯看。

"有一天,你会像这样和别的女孩讲起我么?"小 A 仍闭着眼,脸上有浅浅的酒窝。

B

我们聊天都在网上,聊些什么大多忘记了。很多时候是听她聊,记得聊过很多她喜欢的音乐,韩国乐队什么的,我连名字都没听过。有一次,怎么说起迈克尔·杰克逊,我以为她会不屑一顾,说那都过气了之类的。不料她说,那是天才啊。我说,和韩国那些比呢?她说,没法比,杰克逊太伟大了。我说你不是喜欢那些乐队吗?她说,那不是一回事儿。我发了张笑脸过去,没问她怎么不是一回事儿。更多时候是聊各自的生活,印象最深的是,有天深夜,她和我说,丈夫对她特别好,头天早上她和丈夫说,她睡的那侧床上有个地方不平。那天晚上,丈夫就默默地睡到她睡的那边床上去了。她和我说这话时,已经是夜里两点了。我没问她,怎么还没睡。过不多久,她告诉我,她离婚了。

和她在黄山那会儿,她刚离婚不到一年吧?回来后,我们很久没再联系,为此我失落过一阵,不久也便坦然了。那阵子,我谈了第一个女朋友。

我回老家过春节,看完除夕晚会,刚睡下,电话铃响了。

冬夜的乡村静悄悄的,远处偶然传来一两声鞭炮声,愈加显得夜的寂寥和荒阔。电话铃声异常突兀。我慌忙揿下声音键,声音被掐断了,唯剩下手机屏幕仍然亮着。怎么会是她呢?我盯着手机屏幕,蓝色的手机屏幕,在黑暗里显得异常孤独而执拗。此时,她是待在屋里还是走在路上?我莫名地想。

我嘟囔了一句,翻身下床。抓了手机,一直小跑到楼下院子里。你要知道,如果在楼上接电话,那整栋木楼里的人,都会听到我在说些什么。

她的声音低沉沙哑,契合冬日暗夜的氛围。

说了些什么呢?两三年过去,我没法一句句去复述了。主要讲的都是她的生活,对,她的生活。和她认识那么久,聊天那么久,我们其实从未认真聊过各自的生活,似乎生活是不值得聊的。那晚上,我才知道,她母亲在她年幼时便过世了。我才知道,她的父亲再婚后,她留在老家和奶奶相依为命,知道她考上大学。我才知道,她爸爸在两年前生病过世了,而她奶奶,也在过年前走了。

节哀顺变。我不知道该如何安慰她。你现在是一个人在家?

不是,我在朋友家,在客厅给你打电话。她说。

你这些年都在做什么？我没问她是什么朋友。

都在做什么？她迟疑了一会儿，我也不知道自己在做什么?!

你跟我说说，你都没跟我说过。

你也没问啊。她说。

我现在不是问了吗？我说。

像是寻找几年来的路径，她开始变得言辞闪烁。

她说起她换过的一份份工作，换过的一个个住所，也说起她换过的一个个情人。她强调，是情人，不是男朋友。她说，也不知道怎么回事，她遇到的男人都是有家室的。但情人和恋人究竟有多少实质性的区别呢？她问我，又似乎并不期待我回答。她很快接着往下说，说她和一个个男人在什么场合认识的，男人说了什么话，男人长什么样，男人是做什么的，男人跟她如何上床，甚至讲他们在床上的细节……夜越来越深了，呱呱两声，是一只野鸭在头顶飞过。我下楼时没穿外套，冻得浑身簌簌发抖。先是右手塞在左胳肢窝里，左手握手机，不一时，左手冻僵了，又换右手握手机，赶紧把左手塞进右胳肢窝里。她在电话那边，仍旧没有停下讲述的样子。

你真堕过胎？我问她。这很不可思议吗？她平静地说。而且不止一次啊，而且是为不同的男人，我也不知道自己怎么就那么容易怀上。就在上个月，我又去堕胎了。这次是我一个人去的。我不让他陪我去。从医院回家，我奶奶已经不行了。我想，很多事我算是想清楚了。可我真是后悔啊，堕胎后一星期，我才知道他正准备送我一套房子呢，手续都快办完了。他不就是在我之外还喜欢别的女孩儿吗？那有什么啊。我干嘛急着跟他说分手急着堕胎啊。

你第一次堕胎是什么时候？我的嗓子眼儿干得要命。

大概十九岁吧？也许二十岁。我怕得要命，手术结束后，我一直想我会不会就此怀不上孩子了。结果，后来又怀了那么多次。还记得手术后回到技校的第二天，班里组织活动外出，我自始至终站在人群外，几乎不跟任何人说话。后来，同学都说我这人高傲，难以接近。

又一只野鸭飞过，呱呱的声音拖曳很久。

我抬头看天，满天的星，遥不可及。

大概半夜三点，她才挂断电话。

我慢慢走回屋去，院里的枯草覆了厚厚一层白霜，踩上去咯吱咯吱响。

"你为什么要和我说这些呢？"小B说。

"我也不知道啊。就觉得挺奇怪的，我和她认识那么多年，从来没说过性啊什么的，而她忽然说起她和那么多人，还堕胎……你不觉得奇怪么？"

"我们呢？我们这样奇怪么？"

"奇怪啊。认识没多久，你就说要带我去你们废弃的小学校做爱。"

"你这人，怎么篡改历史呢？我只记得跟你说，我要带你去那小学看看。"

"还记得你说的那个小学校,原先是寺庙,后来做了你们的学校,你毕业没几年,就废弃了。还记得你说那儿有很多香樟树,香樟树下有一口大钟。绕过大钟,就是你们的教室。教室里仍然摆放着桌椅,随时等候你们回来似的。教室后则是一条小河,河边很多乌桕树。典型的江南水乡模样。你就是这时候跟我说的,说那样的情形,总要做点儿什么的。"

"那我没说做爱啊。"

"你没说么?我还记得你说,你喜欢趴在桌上,就趴在你上小学时候用过的那张桌上……"

"你看,你又来了!"小 B 嗤笑。

"怎么,你现在反倒不好意思起来了?"

"这有什么……"小 B 的嘴被他的嘴堵住了,声音呜噜呜噜的,"你怎么……"

"我觉不觉得,那儿像是一条隧道……"

"什么?"小 B 歪过脑袋。

"没什么……你说……我们还会再见吗?"

小 B 不说话。

脑海里浮现出一条香樟树拱卫而成的幽暗隧道,走在隧道里,星星斑斑的阳光和斑斑星星的叶影洒落他身上,身上暖一块凉一块。他期待着隧道尽头轰然出现的阳光,但隧道漫漫无尽。他不知道怎么才能在想象中终止这条隧道。

结束后,小 B 忽然掀开被子坐起来。

"差点儿忘了,我还和同学约了,他还有东西给我。你去吗?"

"是你说过的,在追你的那个啊?"

"是啊,难不成你还吃醋了?"

"你喜欢他?"

"我也不知道啊。你要一起去吗?"

"算了吧……"

"那我很快就回来,你在屋里等我,你饿吗?我给你带吃的回来。"

"不饿,我再睡一觉。"

他看她背对自己扣好黑色胸罩的扣子,穿上白衬衫,套上牛仔短裙,穿好了鞋,背上包,对自己笑了笑,关上门。这情形让他感觉是刚上完床就被抛弃了。他躺了一会儿,实在睡不着,起床穿好衣服,最后看了一眼房间,关上门,走了。

C

我和她最后一次见面,是她到上海来。到上海来做什么呢?是来找她的一个情人。但来了之后,她并没能见上他。我也不好问怎么就没见上。她告诉我她来了,我就给她订了个房间。那时候,我毕业四五年了,手头宽裕了些,还弄了两张音乐剧的门票,尴尬的是,那两张票的号是连在一起的,一张单号一张双号,这意味着我们坐同一排,却分隔在剧院的两侧。音乐剧开场了,我们隔着十几张椅子坐了,我不断给她发信息,她不时回上一句。好好看吧,她说。我没再发信息给她。

中场休息的时候,她发来一条信息,问能不能陪她到外面抽根烟。

剧院外是十几级台阶,台阶上三五成群站着些人,聚在一起聊天或抽烟。她掏出一包红塔山,递给我一根,我接住了。她自己咬了一根,翻出打火机来点着了,她把打火机递给我,我接过打火机,却没点烟。我只是看着她抽。

她抽得很快,狠狠嘬一口,深深吸进去,再将烟从鼻孔里猛地喷出。烟扩散开,笼住了她的整张脸。此时太阳还没完全落到城市脚下,她的脸在夕光和浓烟后面,充满了不确定性。接连抽了两根,她才大大喘出一口气,仿佛活过来了。

烟散尽后,我看到了她眼角的皱纹,以及脸颊上脂粉没能掩住的色斑。

我们坐会儿吧。我提议。

坐在台阶上,我们无话可说。想起我们以前曾经每天在网上聊天,都聊些什么呢?

她又抽出一根烟来,我挡了她一下,没挡住。她点燃了第三根烟。这次,抽得慢了,鼻孔里出来的烟,缓慢而幽静。

六月底的上海,正热得要命,此时,屁股底下的台阶已然是温热的,不多时,身上便汗水淋漓。我扭头看她,她正微微抬头望向前方,前方是几十米高的一片高楼,楼后是太阳的余晖,余晖渐渐暗淡下去。两朵孤零零的云浮在天际,不靠近,也不远离。

忽的一点儿亮光。

我转头去看,那光的方向,一台相机正对准我们。

真是你啊,好久不见啊。相机后的那人对我说。哈哈,你是这么说的,我没记错吧?我的记忆力越来越不好了,当你的脸从相机后露出来,我并没能认出你。

我上一次和你见面,该是两年前了吧?

那时候,我当然只能和你简单聊两句。很快,我就回到她身边。我以为她会问两句什么的,但她什么也没说。朝剧院里走,我主动和她说,是个只见过一面的朋友。她瞥我一眼,笑了笑,说她又没问我,心虚什么。

对啊,我心虚什么呢。

仍是坐在剧院两边,看完了整部音乐剧。随了闹哄哄的人流离开剧院,我下意识地找你,找不到了。我和她打车回宾馆。那一路上,我一直想对她说点儿什么,嗓子干得冒火星儿了,也没说出一句话。车拐弯的时候,我的身子碰上她的身子,她并没躲避。不可避免的,车到了宾馆楼下。我提议,说总得吃点儿东西吧?她说不吃了,她一向不吃晚饭的。我不依,说你又不用减肥,去吃点儿吧!

一家路边摊,我常去的。她不肯点东西,我随便点了几样,又点了几瓶冰啤酒。菜上来了,我主要吃菜,她主要喝酒。我知道她酒量并不大,两瓶啤酒下肚,脸便红了起来。

你上次来上海怎么没跟我说呢。我问她。

为什么要跟你说?你真那么关心我?她眼睛眯成一条细

缝,透出狡黠的目光。

我在上海啊,你来了,总要请你吃顿饭嘛。

她笑一笑,没搭腔,又给自己倒了一满杯啤酒。

干一个!我举起杯子。

你知道的,我喝酒不好,你不能老灌我酒。

那你少喝点儿嘛。我笑笑,我干了,你随意。

我干了杯中酒,她笑一笑,也干了。

我先给她倒满了,又给自己倒满了。

真的明天一大早就走?我问她。

一大早,你可不要来送我。我不喜欢那种送来送去的感觉。

那你什么时候再来上海?我举起酒杯。

谁知道呢?她举起酒杯,又放下。

我慢慢喝尽了杯中酒。她也勉力喝了两口,终究不胜酒力,放下了。

我又给自己倒了一杯酒。

时间真快啊,我们认识这么多年了,我都三十二了。

举杯要喝,我才发现,她哭了。她脸上擦了很厚的粉,唇上涂了很艳的口红。泪水往下淌,冲开了一条小沟,一滴浑浊的泪水悬在下巴。

你怎么了?我说。

她的泪水涌得更厉害了,但仍然不出一声。

她再次举起酒杯,我伸出手去,抓住了她的手。

我的心猛地跳了一下，我想，她会不会把一杯酒泼我脸上，又或者，抬手扇我一耳光？……什么都没发生，她只是一动不动地坐着。夜市的一盏灯悬在她身后不远处，灯下，浑身肥肉的老板光裸了上身在弄烧烤。

她的手精瘦，冰凉，皮肤底下的骨头很硬。

肚子胀得厉害，酒是喝不下去了，看了看表，才八点多钟。她摇摇晃晃地起身，要回宾馆去。我要送她，她挥手赶我走。我当然不可能被她赶走，我拽住她的手臂，朝宾馆走。到了宾馆楼下，我要送她上楼，她又把我往回挡，但力气很小，我跟着进了电梯。在电梯里，看到她站立不稳，满面通红，眼神迷离，显然是醉了。跌跌撞撞走在过道，有服务员上来问我们怎么回事，她大喊，让他走！我和服务员说，她喝醉了，我扶她回去。服务员看了看我，又看了看她，走了。我打开门，拉她进了屋。她又把我往外推，但她哪里还有什么力量。我说你别担心啊，我不会做什么的。她不管，只是把我朝外推，脸贴到了我的眼前，深深的皱纹间蓄满了汗水，脂粉都糊了，黑色眼影在眼袋上晕开了一大片。我抓住她的手腕，大概是把她弄疼了，她忽然就哭了。怎么你也欺负我啊，你也像那些男人一样……她软软地倒了下去，歪在床脚，黑色长裙掀开，露出一条粗壮的腿。

她号啕大哭了。

我热了一壶水，又拧开一瓶矿泉水放在她身边，退出房间，关上了门。

在门口站了一会儿,她的哭声渐渐小了,听不见了。

宾馆外响起汽车的警报声,久久不息。

"我知道,我和她再也不会见面了。"他对小C说。

"你就那么肯定?谁晓得未来会发生什么。就像谁会料想得到,我还会见到你呢?更没人料想得到,我们今晚还会见面。对哦,你不会是憋坏了,要找替代品吧?"小C说。

"瞎说什么啊。"

"你知道的,我不是瞎说。"小C一副严肃的样子。

他心里波动着。

走过一条条破败的小巷,巷子里的房子大多东倒西歪残缺不全,很多墙上涂了大大的画了圈的"拆"字。"拆"字边上,有尚未打烊的大排档,三五个人背对"拆"字,划拳,喝酒,说些含混不清的话。灯光描摹出他们的影子,投在冷硬的水泥地上。

"怎么会约我来这种地方?"

"拍照啊。"小C不时用相机对准人和断壁残垣。

"这有什么好拍的,而且这么晚了,多危险啊。"

"我从小在这儿生活,二十多年没离开过,有什么危险的?"

"这是什么地方?"

"你看那边,灯光很亮的地方,就是上海火车站,你总去过的吧?"

"这儿是火车站附近？怎么会这么破？"

将近十一点时，小C带他进了一家火锅店。

"还吃得下么？"小C问。

"当然啊，发疯似的和你走了这么大半夜，早就饿疯了。"

"我也听你发疯似的讲了很多故事啊。"小C笑。

"先来两瓶冰啤酒！"坐定后，他朝服务员喊。

"喝什么啤酒啊?！我说过，我不是替代品。"小C小声说，又朝走过来的服务员笑眯眯地说，"先来两个小二吧。喝完了再找你要。"

店里只剩下他们和别的一桌人了。他们一直喝，直到另一桌人走掉了，他们还在喝。一共喝掉了五六个小二，两人才搀扶着出了火锅店。

"我离开这儿快一年了，"小C大着舌头说，"以后估计不会回来了。这地方就要消失了，也回不来了。明年，顶多后年，全部都要拆光光了……你看到暗处那些人了吗？那些人也消失了……"

"哪儿有什么人？"

"你看不见……我看得见……"小C笑。

进入小旅馆的房间后，他有些恍惚，今夜，怀里的怎么会是小C呢？

从来没有过的，他粗暴，蛮横，丝毫不顾及小C的感受，小C被他死死压在了身下。电视机开着，满屏雪花，哗啦哗啦的声音和小C的呻吟塞满了小旅馆的房间。小C使劲儿拍打他,"混蛋,你是不是真把我当成替代品了?!"

盯着电视机满屏的雪花,眩晕又迷乱,他想,他是在一条不知漂往何方的孤舟上。

翌日,他们是在推土机的隆隆声中醒来的。

小C光着身子爬起,跳到床边,拉开窗帘,大片阳光瞬间侵入。小C大大展开双臂,回头朝他嫣然一笑,"你来看啊,那就是我以前的家。"

他没到窗户边去,而是盯着电视看,正在播的是国际新闻:迈克尔·杰克逊死了。这一天,是二零零九年六月二十六日。

平　野

午后四点半。手机只剩一格电了。

他推着单车,淡蓝色的,不少地方的油漆剥落了。那是她大学前用的了,稍稍一动,便嘎吱嘎吱响。他两脚跨在横梁两边,等她坐到后座上,他用力蹬脚踏,车扭扭歪歪地往前走。不多久,城市就在他们身后了。这是座三线小城市,紧挨着农村。这时节,柏油路中央铺着玉米粒,黄澄澄的。有老人在边上走来走去,并不看他们。他慢悠悠地蹬着单车,不时看老人们一眼,他们脸上的皱纹那么多。他有一瞬间想到奶奶。奶奶九十多岁了,奶奶坐在石阶边,一粒一粒地掰着玉米。黄色的玉米散落在她身边。他很久没见到奶奶了。

村口有人盖房。他们停下单车,身后是个鱼塘,塘边都是苇草,草间有塑料袋、包装盒。他们站着看村人盖房,一块块红砖从砖垛边的女人手里,稳稳飞到屋下的男人手里,再稳稳飞上屋顶的男人手里。那三人都不说话,只有红色的砖头在他们之间飘动。看了一会儿,他们又推了车往前走。地上都是土,鞋子几乎要陷进去。他又骑了车,她偏腿坐上后座。歪歪扭扭骑出去很远,回头看,那三人仍在抛砖头。

太阳有些偏西了。

村道边尽是高大的白杨。白杨树下是人家,越过砖砌的矮墙,可见屋檐下悬挂的一串串黄玉米,又一串串红玉米。一辆拖拉机从路那边开过来,车斗里堆得高高的玉米秆,醉汉似的,踉踉跄跄,摇摇晃晃,近了,才看到玉米秆下驾驶座里的两个年轻人。头发蓬乱的小伙子叼着烟,紧握方向盘。副驾驶座上的女孩丰满得要摊开来,眼看要把小伙子挤下去了。

"再抽!再抽把这一车玉米秆烧了!"

小伙子眯着眼笑,烟从他鼻孔里喷出来,笼住他整张脸。

"我瞧着有一天你要把这家全烧了!"

小伙子仍眯着眼笑,烟从他鼻孔里喷出,玉米垛真像是烧着了。

拖拉机开过去后。地上腾起阵阵尘土。他们捂住鼻子,等尘土散尽,他们再次骑上单车,歪歪扭扭地沿着土路边往前骑。路越来越窄,路中间高高凸起,路两边车轮印深深凹下。忽然,就开阔了。玉米地望不到尽头。左手边的玉米还立着,右边的玉米只剩下短短一截根子。一条条田埂仍绿着,细小的白花星散其间。

他把单车交给她,她跨上单车,晃晃悠悠往前骑。

走在玉米地里,他感到脚下软乎乎的。地有些湿的,不时有水渗出。老家的玉米地可不是这样的。他胡乱想着,思绪蛛网一样随时产生,又随时飘散。

她穿着黑白横条纹的长袖T恤,蓝色牛仔裤,白色板鞋,鞋与裤子之间,露出一截白皙的小腿。她说了一句什么,笑了一阵,又说了句什么。他听不清,只是走自己的路。

北方的平原啊,他经常在火车上,看它从车窗外一闪而过。

老家多的是山,山连着山。他小时候老想啊,没有山的平原是什么样子。没有山,地就没边界了,那得有多大的天才罩得住地啊?天要是罩不住地,地不就乱跑了吗?

这儿没山,但地并没跑没了。地在他脚下安稳地延伸。

玉米林也在延伸。

有人在收割。在天和地的缝隙间,远远望去,人是那么小,一粒粒芝麻样地存在着;手推车也那么小,一瓣瓣豆荚样地存在着。是一棵葳蕤的香樟树,把天和地撑开了一些。那一粒粒芝麻样的存在,便拉着一瓣瓣豆荚样的存在,在这小小的空间里活动着。

她在前面岔路口处等着。

"走哪边呢?"她问。

正前方是茫茫玉米林,右手边是一条小路,路那边是一条河。他们来时经过的鱼塘就在河边。他对那条河有印象,河水幽暗,浮着一层水葫芦。

"往右边走吧。过了那条河,就是公路了。"

"怎么过河?"

"有河难道没桥吗?"

她朝他翻个白眼,调转车龙头往那右手边走。

玉米秆的断茬一排排一排排一排排，蜂拥着扑向河堤。绿草，白茅，西斜的太阳，太阳光一圈一圈，打着旋儿，浮动在河面上。阳光细小的颗粒，在他们之间闪动。他盯着单车前轮车圈看，亮晶晶的一圈。一根草茎扦在前叉处，叮叮叮地打着车圈，他想象着，那儿冒出一小簇一小簇的火花。她也盯着车圈看。他想，她会看到同样的火花么？

不远处，镰刀割开玉米秆干瘪的躯体。

她一定听不见，那是多么稠密的死亡的声音。

走到河堤上，他们仍听不见水声。水只是沉静地汪在那儿，看不见流动。逝者如斯夫，昼夜都停滞。水葫芦占据了大半河面，夕光铺散，是大块的凝固的血。她的影子，单车的影子，他的影子，水一样漫在身后的河堤上。他的身体朝河水倾下去，再倾下去……"呀！你干吗？"她一声惊呼。他身后的影子是一根绳子，猛地拉了他一把，他猛地离开河面，往后跳开两步。他听到心在胸腔里扑通扑通。

"我想看看水里……"喉咙发干，脑袋有一瞬间被白炽的光照亮。

"你吓死我了！"

"怎么？你以为我会想不开啊？"他笑，"自杀的人，都太自大了！"

河面缓缓暗下去。

他们往左手边望望，又往右手边望望，右手边没桥的踪影，左手边也没桥的踪影。又都不打算往回走，就往上游去。

不远处，有些人影。悄没声息的，在玉米林边晃动。此时，玉米林已板结成一整块生铁色。月亮在冷眼旁观。寂静的更寂静，辽阔的更辽阔，荒凉的更荒凉。他们不知道前路在哪儿，他想大吼一声，声音堵塞在喉咙那儿。

"你唱首歌吧？"

"唱什么？"

"随便唱什么。我想听你唱歌……"

"我不会唱歌……你什么时候听过我唱歌？"她的脸都红了。

"我来推单车。"他从她手中抢过车龙头，"你就唱一个嘛。"

"你为什么不唱呢？你想唱就自己唱嘛！"

"我唱什么？"他看看她，又看看河水。"我唱……"

都不说话。那根草仍在敲打着车圈，叮叮叮，叮叮叮叮！

"天上……有个……"他吼了一嗓子，不知道是什么歌什么调，忽地红了脸。

他们笑成一团。

"你这唱的什么啊？"

"我不知道我不知道……"他又唱，很大声。他想起来了，这是小时候听过的一首歌。

他简直是第一次看见自己的声音，在旷野里，在暮色中，"我不知道……我不知道……"他看得到他的声音是怎么你追我赶地奔往四方。

忽地，就不说话了。

一片白杨林。白杨多悲风，萧萧愁煞人。白杨树下，沉默寡言的坟头挤挤挨挨的，看上去竟有些暖意。坟场不远处，有一座木桥。

"走吧。"他朝她摆一下下巴，又重复一遍："过了桥，不远就是公路了。"

"要不，还是回去吧？"她往后缩了缩。

"回去要走很多路啊，这儿都要到公路了。"

"那边也都是白杨……"她看着对岸。

"白杨那边就是路。"

"我怎么不记得？"

"我记得。"

"我……害怕……"她终于说。

"你跟着我走，什么事儿都没有。太阳还这么高呢。"

又看一眼太阳，太阳贴着地面了。

"就这么几步路了……你看那些茅草，有什么好怕的？"

座座坟头间，茅草白茫茫。

他推着单车，自顾自走进坟头间去了。她在身后，退也不是，进也不是。他继续往前走，茅草擦着他的身子，窸窸窣窣，嘤嘤喳喳，眼前白的白，黄的黄，绿的绿。他站立着。风从他身上吹过。他的身体穿过风。他举起手，看到可怜的一点儿阳光涂抹在手指间。

回头看她，她站在坟场外缘，既不近，也不远。

他又往前走几步，踢到什么东西，用脚扒开草丛，是个白色的骨头。

是头盖骨吗？

轻轻踢了一脚，空洞的声音。空。空。他犹疑了一刹那，弯下腰。它粗糙的冰凉，让手短暂地畏缩。翻开来，凹下去的地方，有几条弯曲的亮色痕迹，是有鼻涕虫曾经爬过吧？他感觉到自己的脑壳凉凉的。甩不掉的凉。

"你瞧，是不是人的脑壳？"他举起那片骨头。举起一面白色的旗帜。

"啊……"她惊叫着，在白色旗帜的感召下奔逃。

他看她穿过暮色，穿过漫漫白茅，穿过座座坟头。他有一种真切的幻觉，她要远走高飞了，再也不会回来了。她是不属于此时此地的。他看她停在小桥边，竟有些难以置信。

"我要走了啊……"她一只脚踏上桥了，又缩回去。

但她并没走，她站在桥边，回头瞅着他。

再看那桥，不过是四五根朽烂的乌黑木头，几乎要沉入水里了。

他放下那块骨头，又摸了摸，犹如抚摸着自己的脑袋。抬头看天，天上云飞，风会吹过来，雨也会落下来。骨头空空，眼见落满了凉水。他脑袋里储满水，轻轻一摇，便要四溢了。无尽的悲凉从脚底生长，滑腻腻的青苔般，爬上他的膝盖，爬上他的胸口，爬上他的肩膀，把他变成一座坟头。最近一年，他总梦见奶奶变成一座坟头。故乡是越来越多的坟头。

他翻过骨头,它便用空洞的眼睛注视着他了。

"还是我先过去吧,你跟着我。"他看着她,心里从未这般柔软。

他推着单车,走上木桥。黑暗的河水在他脚下蠕动,窃窃私语。再看,有他的影子,有单车的影子。她的影子拉着单车的影子。云的影子穿过他们的影子。他的影子略停了一下,她的影子朝后看看,拍着单车的影子,催促着,"快走啊,快走。"他的影子又往前走了。云的影子越聚越多,河水愈发暗了。

他们穿过白杨树,树叶飒飒响,她走在他的身边,低低地哭了。他想伸手去拍拍她的脸蛋儿,但够不到,隔着单车呢。他发现,不知什么时候,扦进前叉的那根草不见了。只听见她的哭声。她也不是哭给他听,只是哭给自己听吧。

他回头看对岸,对岸消失在浓浓暮色里了。

那块骨头,从未存在过。怎么可能会有头盖骨呢?真是荒唐!

白杨林外,果然是公路。他跨上单车,单车嘎吱嘎吱。她慢慢地走着,并没跟上来。他便骑得很慢很慢,嘎吱,嘎吱。她仍只是低低地哭。

他跨下单车,等她慢慢赶上来。

她站在他身边,不上车,也不说话。

公路那边是铁轨,铁轨那边,仍是大片玉米林。没有一个人,人都到哪儿去了呢?天地之间,只剩下他们似的。夕阳是谁剪掉的指甲，沾满血迹，被随意扔在玉米林的尽头。一辆绿皮火车从他们回家的方向开过来，慢悠悠的，咔嚓，咔嚓，越来越近，咔嚓咔嚓，也越来越快，咔嚓咔嚓咔嚓。风撞到他们身上，他们呆呆立着。看得见车窗玻璃，飞快地一闪一闪，看不见玻璃后的人脸。他们在他们眼中一闪而过。这是北方的平原，北方的暮色。在一节车厢和一节车厢间，夕阳闪现，又闪现。绿的愈绿，红的愈红。咔嚓咔嚓，声音大到了无限，粗暴而又柔软地裹挟了他们。他回头看她，她脸上明了又暗，暗了又明。泪水在她脸上。

火车开过去了。

夕阳完全沉下去了。

又站了一会儿。他掏出手机看，手机打不开了，不知何时，电量耗尽了。谁也联系不上他们，谁也不知道他们在哪儿了。他们是孤魂，也是野鬼。他等着她坐上单车后座。他发不出一点儿声音。他只是干等着。终于，她两手蒙住脸，仰面朝天，身体颤抖着，许久，缓缓放开手，脸上平静得看不出任何表情，又整理了一下衣服下摆，这才坐上单车后座。他俯下身，公牛似的梗着脖子，努力蹬着脚踏。暮色加速沉降。他们的单车嘎吱嘎吱响。嘎吱嘎吱。嘎吱嘎吱。他们正朝着城市的方向，那儿有灯光，有人群。他努力蹬着脚踏。夜风吹过他们。夜色穿过他们。她两手环抱住他。他一直努力蹬着脚踏。

看 黄 河

颠簸三个多小时,一声拖长的刹车声,中巴车停在破落的公交车站。

西北小城的空气里,尽是干燥的灰土气息。街上车不多,人也不多。他们一前一后走在人行道上,七拱八翘的花砖地面,不时冒出丛丛杂草。路边一间间店铺,五金店、小超市、小饭店、烟酒店……不少关门闭户,门前垂着厚重的暗绿色帘子,手经常碰到的那块一律乌黑且发亮。营业的几家,透过窗玻璃往里看看,也没什么顾客。店里的人闲坐着,歪着脑袋,隔着脏兮兮的玻璃打量他们。

不时吹过一阵风,吹动地上的塑料袋和废纸。他们感到一阵阵锋利的冷。他这个南方人,第一次见识北方的深秋。走到一家看上去还算干净的饭店前,他停下脚步,为她挡住帘子。

还不到吃饭时候。店里没别的客人。他们选了二楼临街的小包间,粉色调的墙纸,有几块暗褐色的污迹,窗户半开着,灰色的窗帘不时卷起一角。

好一阵,菜端上来了,一大盘羊肉,散着洋葱,腾腾地冒热气。他急急夹了一大块，烫嘴，过瘾。放下筷子，两手搁膝盖，长长吐出一口气。她笑笑地看他一眼，慢慢嚼一片洋葱。

"真是饿坏了……早知道吃点儿早饭。"

"不听老人言吧？"她莞尔而笑。

"歇一歇再吃！"他摸摸鼓起的肚皮。

他起身走到窗户边，撩开窗帘，朝南边望。

"那边就是黄河？怎么看不到呢？"

"还离得远呢，怎么看得到？"

他不说话，趴在窗口，探身朝外望。窗帘卷住了他的大半身子。街边一排水泥平顶房后，是一个村落，一幢幢单层红砖小楼，屋顶晾晒着黄色的玉米粒。偶尔可见一两个人影，手持木制钉耙，篦头发似的，一遍一遍篦着玉米。听不见玉米发出的声音，哗哗的声响是白杨树叶发出来的。他想象着，会有鸽子从白杨和屋顶间飞过。只看到天蓝汪汪的。云都看不见一朵。村庄外，隐约可见的，是一块块黑色的墓碑。

"那些坟……和我老家的不一样。"

"有什么不一样？"

"我老家的会更复杂一点儿……"

"那还不是一样？"

他便不说话了。只呆呆地看远方。

"那些坟就在黄河边……"他自言自语，"我小时候一想到死，就觉得活着无趣。也不是怕死，就想着，如果死后还能看到坟前的景色该多好。这儿的人，每天都能看到黄河，多好……可惜看不到。死了就死了。"

"你又没死过,怎么知道看不到?"

她发出鸽子似的咕咕咕的笑。

吃过饭,他决定步行到黄河边。她劝了两句,也就依了他。

小城实在太小,走不多远,楼房少了,路上的车少了,行人也少了。太阳坦荡地铺在地面。他们走在亮晃晃的光明里。将要出城时,看到一家快捷酒店。

"预订一间房还是两间房?"他在柜台前,低下头小声问她。

"你看着办吧……"她小声说。

"那就一间房。"他说,"标间。"

他回头看她,她正望向玻璃门外。门外一男一女两个六七岁的孩子,蹲在一株老柳树下玩耍。柳叶枯黄了,轻飘飘地落了一地。两个小孩把树叶聚拢,堆高,拍实。

"你们在做什么呀?"她俯下身盯着他们。

小男孩抬起头瞟她一眼,咧开嘴,眯缝眼,朝她笑笑。

"我们在埋知了!"小女孩儿声音尖利。

她啊了一声,给定住了似的。

"快走吧……我们去看黄河!"

知道晚上有安身之处了,他定了心,一心只想着快点儿看到黄河。黄河,多么熟悉的词,在书上看到,电视上看到,广播里听到,从很多没见过黄河的人的嘴里听到。他想象着它怎么汹涌,怎样澎湃。黄河远上白云间,一片孤城万仞山。白日依山尽,黄河入海流。黄河北岸海西军,椎鼓鸣钟天下闻……无数诗词在他心头澎湃,汹涌。

他就要看到黄河了!

真恨不得有缩地法啊,蹭蹭就过去了。她却走得慢悠悠的,他得不时停下来等她。催促她快些,她只是笑。他不好再催,也只好放慢步子,心头火烧火燎的。

路经一个小村子。黄土路面,砖瓦平房,几乎每一户人家都敞开着门。门口的柳树槐树白杨树下,闲坐的老人们看到他们,脸上露出笑意。他们也只是笑笑,不说话。从大门望进去,可见一串串悬挂屋檐下的玉米,有黄的,有红的。不少人家还有小花坛,他认出了松树、芦荟,菊花。有一户人家,花坛里是一排月季,开得正盛,一朵一朵,圆圆满满地红着。这户人家门口的大石头上,坐个老奶奶,两只裤腿挽起,露出细瘦白皙的青筋毕露的小腿。

"奶奶,你种的月季花?"

老太太偏过头看他们,只是笑笑,并不说话。

"这么干旱的地方,能把花种成这样,真不容易!"

他在感叹中东张西望,不远处是一片黄色的断崖,几个黄色的草垛,两只土黄色的羊在草垛间缓慢走动。草垛后有苜蓿地,苜蓿地后是坟地,黑色墓碑林立。十几棵铅笔那么笔直的白杨默然立着,飒飒飒响。风比阳光耀眼,也比阳光锋利。

拐出小村,迎面一座水泥厂,厂房林立,都灰扑扑的,灰暗的人影在晃动。旁边一条灰暗的柏油路,时有灰暗的大卡车开过,飞沙走石。

真长啊,这条路。他们再没见到一个人。

日头在往下沉,他们的影子越来越长,凉薄地铺在路边土黄色的草地上。一辆一辆拉煤的卡车,轰隆轰隆,越过他们,朝前开过去。

"这些车,要开往哪儿呢?"

"过黄河吧。"

"黄河那边是哪儿?"

"不知道……"

"怎么还没到黄河?"

"就快到了……"

终于,他们看到一座钢架桥。

卡车开上去,桥震颤着,他们脚下的地面也震颤着,落日的光芒在震颤中散成颤抖的颗粒了。他紧跑几步,冲到桥边。

"黄河!啊……"他大声喊,回头看她,"你看……"

"你哟!"她笑得眼睛眯成细细的缝。

桥宽十多米,长有八九百米。桥对面,一排看不出什么树的树边,一座古塔搭满脚手架,隐约可见几个穿蓝衣服的工人在脚手架间走动。古塔斜背后,夕阳又圆,又大,将塔影投向河面。那河水黄浊,浓稠的豆浆一般。塔影便在水面上不动声色地簸动。

他拉了她,从桥边的斜坡往下走。

河边堤岸，是一排排芦苇，芦苇的白茅在风中拂动。

长久没落雨了，桥和河堤夹角处，积了厚厚一层浮土。每走一步，噗一声，地上便留个深深的脚印。他们小心迈着步子，生怕鞋子陷进去。

"蛇!"她忽地站住了，指着不远处。

一条水绿色的小蛇蜿蜒着，朝芦苇丛滑过去，浮土上留下一条蜿蜒的痕迹。

他想要追上去，被她拉了一把。

"太阳快落了。"她望向芦苇那边。

站在芦苇丛边，他朝里看看，小蛇不知溜哪儿去了。

就盯着黄河看。黄河就在脚下。脚下就是黄河。黄河在这一段很平稳，几乎是静止的。仔细看，不断有漩涡从水底升起，缓慢地扩散。是水在隐秘地绽放，花心就是太阳。他仔细听，什么都听不见。再仔细听，又似乎有水声。水声并非来自眼前，沉闷的，似来自地壳深处。隐隐的，有另一种声音由远及近，打破这沉闷的寂静。是卡车，雷声阵阵，从他们头顶的钢架桥上滚过。大桥震颤着，细小的粉尘纷纷扬扬撒落。河面的风在夕光里搅动黄金。

太阳沉得更低了。

芦苇的影子浮在河面，他们的影子混在芦苇的影子间，黄河水在影子下走。

"这就是黄河啊!"他喃喃自语。

"这就是黄河。"她点了点头。

"你到过河对岸么?"

"没到过。"她伸手撩了一下吹到眼前的头发。"小时候,我爸妈带我来;后来,我哥哥带我来;再后来,我一个人来;现在,我带你来。我一直都在北岸,从没到过南岸……"

"诶,那你想不想过去看看?"

"以前想过,后来就不想了。"

"为什么不想了?你看那古塔,你就不想过去看看?"

她的下巴,嘴唇,鼻子和额头,都被蜜汁一样的光亮涂抹遍了。她的目光在蜜汁一样的光亮里如水草浮动。他呆呆地看着她,不敢大口喘气。长得并不美的她,这一刻是如此动人。

"我们回去罢,时候不早。"

"索性走到那头去看一看。"

"那头不是一样吗?"她一眼望了那头说,要掉背了。*

他有些怅然,随她爬上堤岸。在芦苇丛下,他捡了两块石头攥在手心。不过是两块普通的石头。回到大路,他不免又回头看看黄河,看看大桥,看看大桥对面的古塔。

"这就是黄河……"回去的路上,他喃喃自语,"我说不清楚,自己是激动,还是不激动。我应该是很激动的,又好像不是很激动……"

路边看到一个空的易拉罐,被压扁了一头。他踢着走。空咯空咯。暗下来的路上,经过的卡车似乎也少了。他专心地踢着易拉罐,空咯空咯。

经过小村时,他把易拉罐踢得轻一些。

那位种月季的老奶奶仍坐在门口。

"奶奶,你怎么还不回去呀?"

好一会儿,老人才抬头看着他们。

那是一张完全陌生却又无比熟悉的脸。他怀疑,所有老人都长着同样一张脸。除了皱纹,还是皱纹。皱纹深处那一双眼睛,看得人心里发颤。

"你们去哪儿呢,怎么就回来了?"

"我们去看黄河呀。"她笑笑。

"看黄河?黄河有什么好看的呢?"

她朝门里看看,"能让我们看看你种的花么?"

"花啊?"老人也朝院子里看,太阳落山了,越过墙头的一角余光笼罩了月季丛,一朵一朵大红月季,突兀地立在黑暗里。黑暗拥抱着寂静,寂静暗藏着炽烈。这一天最后的光亮,在他们的注视下,正一丝儿一丝儿抽离。

老人坐久了,站不起来了。他们扶她站起。这才发现,老人又瘦又高,若不是曲着身子,跟他也差不多一般高了。他们跟随老人进院,院子里三间正房,还有两件耳房。院里没看到别人。月季在正房前,此时,月季完全沉进黑暗里了,他看了一会儿,就觉得无聊了,看她,却没要走的意思。

"我不想走了……"她小声说。

"什么?"他扭头看她,她的脸和月季一样沉在黑暗里。

"奶奶,我们能住你家里吗?"

"我们房间都订好了!"

"不是可以退吗?"

"这儿怎么住呢?"

"我知道你想什么。"她咬着下嘴唇,斜眼瞅他。

"我不是那个意思……"他不由得红了脸。

"我知道……"她又瞅他一眼。

"奶奶,我们能住你这儿一晚吗?"她挽住老人的胳臂,提高声音。

"那有什么不能哟!"老人满脸的皱纹都有了笑意,"家里有吃有住,你们想住几天就住几天。天都黑了,回城还有好一段路呢。"

老人去做饭,要她帮忙,让他到堂屋歇着。老人说,做饭怎么能让男娃子来呢。不一会儿,她端了一盘西瓜到堂屋。"奶奶让我给你的,说是她给孙子留的。""那我怎么能吃呢?""给你吃你就吃!"她一拧身,朝厨房跑去了。他像个外人似的,坐在堂屋的炕上吃瓜,一边看石灰墙上贴的八九十年代的明星画和报纸。

饭菜端上来,就放炕头矮桌上,是一盘馍,一盘腊肉,一盘辣椒炒鸡蛋,还有一盘炒花生。老人连连说菜太少,别客气,转身出去又回来,手里多了一大坛酒,还有三个白瓷小杯。

"这酒还是老头子留下的,今天你们来了,正好!"

"爷爷呢?"他接过老人手里的酒,掂量着,得有三四斤。

"他哟,"老人盘腿坐炕边,"就在黄河边。"

"那不等他回来?"她问。

"他……不回来了,他去那边六七年了。"

他和她相视一眼,不约而同想起村后那一片坟地,都不说话了。

"那你孩子呢?"

老太太把馍递给他们,又给他们倒酒,他忙抢过酒坛子自己倒。

"快吃菜,快吃菜!菜都凉了!"

他们都端起酒杯,要敬老人一杯。

"好!我也喝一杯!"老人端起酒杯,很是潇洒。三人碰了碰杯,一扬脖,他和老人都干了。她迟疑着,只抿了一小口,就把杯子放桌上了。

"太辣了!"她吐着舌头。

老太太笑,他也笑。

"这怎么行?!"老太太端起酒杯塞到她手里,"女娃子不会喝酒,会被男娃子欺负的。我啊,十几岁就喝酒,偷偷喝,嫁人后就和老头子在家里喝,老头子走了,我才喝得少了。"老人倒满自己的酒杯,"我们俩喝一杯,不跟他喝!"

他看着相差至少半个世纪的两个女人碰杯,有种说不出的滋味儿。

"奶奶,"他给老人重新斟满酒,"黄河南岸那是什么塔?"

老人瞥他一眼,摇了摇头。

"我啊,活了七十六年了,从来没到过河对面……"

"从来没到过?"

"从来没到过……"老人端起酒杯,抿了一小口,皱了皱眉,一仰脖子,喝干了,酒杯轻轻放在桌上,"我啊,就是这村里生这村里长的。老头子是上门女婿,年轻时,他到过黄河南岸打日本人。一去好多年,以为他不回来了,结果回来了;几年前的年底,他到南岸去讨工钱,以为他过几天就会回来,结果一直没回来。我老觉得吧,他就在对岸走来走去。他是坐船过去的,几年前修了大桥,河上没船了。他胆子小,怕是不敢过桥。"

"那你们孩子呢?"

"我有个闺女。随我,漂亮,爽利,她喜欢月季,院子里那些月季,就是她种下的……"老人哈哈一笑,又端起酒杯,"可她没出息啊,喜欢南岸一个小子,谈了几年,那小子找别人去了。她回家来,哭得那个伤心啊。过了两年,想明白了,找了个肯上门的男娃结婚。哪个会想得到,十多年过去了,我孙子都会到黄河边钓鱼了,原先那小子回来找她,她二话不说,就跟着跑了。四五年了,一点儿音信没有,不知死,也不知活……"

老人渐渐说得慢了,他们怕老人伤心,都不敢说话。

"哎哟,你们怎么不吃菜喝酒啊?"老人却大笑了。

"喝!喝!"他端起酒杯,"我敬奶奶一杯!我还是第一次跟老奶奶喝酒啊。"

老人哈哈大笑。

"您孙子呢？今天真不好意思，吃了他的西瓜……"

"他呀，也到南岸去了，说是去找他妈妈。他走时十六，今年十八了。他喜欢吃西瓜，我每年给他留十多个，一直留到来年春天，都烂掉了……你们说，南岸究竟有什么呢？怎么他们去了，都不回来了？"

他不知说什么好，把酒坛子藏到自己身后，一杯接一杯喝……半夜醒来，他发现自己在隔壁房间的床上。仰面躺着，看得到被星光照亮的四面玻璃窗。隔壁，老奶奶和她还在有一搭没一搭地说话。他听不清她们说什么，反倒听得清黄河的声音。远远的，那隆隆的声音，在这静夜里异常清晰。他有些感动。

天未亮，她便叫醒他。

"你还没睡过炕呢，快去睡一下！昨晚你喝多了，怎么留你，都留不住，非说要到南岸！"她扯掉他身上的被子，鸽子似的咕咕咕笑。

他不想去，拗不过她，还是去了。

"那你待会儿喊我，我再睡会儿……"他拉住她的一只手。她扭头朝门外看看，"奶奶看见呢。"她笑。他又捏了捏她的手。她抽出手，跑屋外去了。他躺在热烘烘的炕上，朦朦胧胧的，听老人和她在屋外忙活。不知不觉，眼前的景物模糊了，黄河、坟头、白杨树、铁板桥、小蛇、芦苇荡……都在波动、重叠。混乱里有什么变得清晰，是老人布满皱纹的脸。老人朝他们挥手，说到了对岸要捎个信儿回来，他们走了好远，回头看看，老人还立在桥头。他们低下头匆匆赶路。再次回头，老人不见了，无数墓碑变成无数白杨树叶，纷纷扬扬。

——他睁开一只眼，又睁开一只眼。手里不知怎么的，竟攥了两枚硬币。他是躺在轿车后座。坐起时，踢到脚边一个空的啤酒罐。

"怎么喝多了……"他看看身旁的朋友，"我睡多久了？三年了，我一直想到黄河南岸看看。我们什么时候去？"

"你没睡三年，只是睡了三个小时，"朋友打趣道，"这儿就是黄河南岸啊。"

"这儿就是黄河南岸？"

他彻底醒了。想起跟朋友约好的，喝完酒来看黄河。黄河流到这儿，快入海了。快要入海的黄河孑然一身，心平气和。跨下轿车，站在落日下，他环顾四周——南岸不过是片空旷的无人的滩涂。

　　＊"我们回去罢……"至"要掉背了"，引自废名小说《桥·桃林》。

雪山故园

四周一片昏黑。鸡又叫了。喔喔——喔——抖搂翅膀的声音。接着,远远近近都有了响应:喔喔喔——喔——喊喊喳喳的说话声。是孩子们从楼下的小路经过。"小龙,走了!""哎,等一下啊。"嘎吱一声,是门开了。啪嗒啪嗒,书包拍打着他们的小身体,书包里有文具盒,哗啦哗啦,放了铅笔呢,还是圆珠笔? 不久,安静下来了。鸡们也安静下来了。昏黑依旧昏黑着。不知过了多久,刷刷刷——是小龙奶奶在扫地了。哗——哗——水泼在地上。"达——妈!"小虎含糊不清地喊。"诶——"妈在屋顶,拖长声音答应。妈什么时候起的?

风吹开窗帘,光透进来了。

铁门响了一下,又响了一下。

"哪个?"妈在楼上喊。

"是我。"我听出是谁的声音了。忙撩开被子,跳下床,到处找衣服裤子。妈踢踢踏踏走下楼,打开铁大门。两人的声音有一句没一句传来。妈推搡,"拿着,拿着!"声音低下去,我没穿好衣服,那人走了。"慢走啊……"是妈的声音。

下得楼来,见妈正在厨房收拾一只野鸡。

斑斓的野鸡毛堆在地上,眨动着一丝丝阳光。

抬起头朝东望,县里最高的山巅,淡淡的白光闪耀。

"山顶看得到积雪了!"

"是啊,昨晚下了一夜雨,山里肯定是下雪了吧?"

"才收完稻子没多久啊。"

"今年冷得早吧。"妈清理好野鸡,遗下一堆鸡毛。几根粗大的翎毛尖儿上,血欲滴不滴。妈在砧板上剁开野鸡。"这么小的野鸡,要五十块钱,还说便宜了。我本来不要的,又想你喜欢,才留下了。他怎么就晓得你回来了?……哦,说是明天早上约你上山打野鸡,野鸡哪有那么好打的?你还是别去了吧。"

饭后,就在屋前阳台看书。你一定会说,我难得回家,何必如此用功?自然,用功是假的。我不过随便翻两眼书,便抬眼望一望远处的山。积雪寒光熠熠,照到脸上的阳光却是暖的。不用多久,就睡意沉沉了。每天中午,我都会这么睡一会儿。

比起在上海,我的作息规律多了。我又能看到日出了。晚上,也会看星星。你不知道这儿的星星有多少。它们静静地嵌在天穹,确如一只一只眼睛,渺茫的目光,让人心惊。在上海,你怎么能体会呢?那儿不过三两颗星。也没几个人会抬头望。至少我是很久没抬头望天了。我看世界,要么是平视的,要么是站在高楼上俯视。世界变得小了。我们都认为,世界是可掌握的。斗转星移，总有那么多巴尔扎克笔下的人物在城市里奔走。而在老家，我总是抬头望天，天太大了，世界太大了，我那么小啊。

听！小虎又在喊了，一声接一声。

"达……妈！"他快两岁了，话还说不大清楚。

我们两家围墙间隔一条村路，三年前新修的水泥路。我们两家钢筋混凝土的房子，也是这两年新修的。小龙家的房子修好后，他爸妈就出门打工了。

小龙爸妈的恋爱，曾经在村里很轰动的。两人是打工认识的，她把他带回来见父母，父母死活不同意。有天晚上，她喝下了大半瓶农药。拉到医院，抢救过来后，发现一条腿不怎么听使唤了。几天后，她一瘸一拐地回来了。她比我年长六七岁，我远远地看到她一拐一拐地慢慢走近，慌乱中，我跑回家里去了。我也不知道自己为什么会慌乱。我躲在墙后回头看，她站在原地，弯着腰，脸上挂着僵硬的笑。小时候，我和她在一起玩儿过的，如今，她大概已经不记得我了吧？没多久，就知道她父母同意婚事了。他们结婚的时候，我去了。那时候新房还没盖好，他们在破旧得似乎要坍塌的老屋里拜堂，喝交杯酒。她穿一条宽大的长裙子也没能藏住腿上的残疾。我第一次见到了他，他看上去比她年轻好几岁，穿一身宽大的黑西装，裤脚直拖到地上。两人脸上都红红的，许是因为兴奋，许是因为涂抹了胭脂。婚后没多久，他们便回去打工了，就为了要盖起现在这幢新房。

他们去的是上海。对，是上海。他们从未想过要联系我这个漂在上海的老乡。我也从未在上海街头碰到过他们。他们或许曾出现在我经过的路边——那简直是一定的。但我没注意到他们，注意到也认不出。他们也认不出我了。这倒让我想起好多年前的另一件事——

我到崇明岛旅行，回来时，在江边等船。还有好一会儿才起航，就给家里打了个电话。有个中年男人站到了眼前，瞪着我，不说话。挂了电话，不等我说话，他先开了口，问我是不是云南人。这次轮到我瞪着他了。在无数语言汇聚的上海，他准确认出了那种我们共同拥有的语言。我们有一阵没一阵地联系了好几年，我从没问过他叫什么，他也从没问过我叫什么。我叫他老乡，他也叫我老乡。每次都是他主动打来电话。慢慢地，我知道他们一家四口去了上海，知道他儿子新娶了媳妇，知道他们一家五口住在月租五百的房子里，知道他们攒了三十多万块钱……直到有一天，他打来电话，告诉我他回老家了。怎么就回去了？我问。总要回去的。听不出他是高兴呢还是失落。钱攒够了，他说，可以回去盖房子了。我说恭喜你啦。——后来，我们便再没联系过。

"喔……"妈在屋顶，拖长声音答应小虎。

"达……妈！达……妈！"小虎便一声一声地喊。

"不想答应你了！"妈妈喊。

"达……妈！达……妈！达……妈！"小虎还是一声迭一声地喊。十几声后，他大概被自己弄烦了，停了下来。寂静忽然像阳光一样，纷纷扑落。

一只灰色的斑鸠停在对面青色的屋顶，咕咕叫了两声。

和你说过的，到上海前，我没见过雪。其实我见过的，只是隔着十多公里的距离。云南的冬天你是知道的，阳光仍然温煦，土地依旧慷慨，绿的小麦，黄的油菜，湛蓝的天空肆无忌惮。人们在一条条路上走，抬头便可看见，县里的最高峰那儿，一片儿雪白。

偶尔我也抬头望。但很奇怪，我很晚才意识到，那是雪。也动过走近了去看一看的念头，可真要走到那儿，怕不止三四十公里，也就作罢了。也没听说身边有谁特意去看雪的。似乎是，大家都没近距离见过雪，却也并不怎么稀罕。

只是偶尔抬头望一望。

只有老人们会特别在意。他们会说：哦，积雪了；哦，融雪了。

算起来，山脚下度过了童年、少年时代的我，近距离见过的冬天的信物，只有冰了。你一定还记得吧？我第一次在北方见到冰冻的河，是何等惊讶！我凑近去，踩了又踩，还不罢休，还要到冰面上踏一踏。云南的冰是怎样的呢？脆、薄、透亮，底下还颤动着绿茵茵的水藻呢。放学后，奔到小河边，小心翼翼地起出一块块冰，两手捧举着，迎着太阳，隐约可见自己扭曲的脸——忽地，冰上映出一条硕大猩红的舌头。冰一点儿一点儿变薄了。就这样，还算是运气好的。大多数冬日，是完全不可能见到冰的。

要想冰厚实一些,那就不能到河边去了,只能靠自己。在临睡前,用事先找好的碗,盛上大半碗水,用黄黄的稻草打一个结放进去,端到院子里——院里没有稻草垛,也会有松柴垛。我当然更喜欢松柴垛,松柴是刚从山里拉回来的,是村里每家每户年底都会分到的。松枝的断口还新鲜着,密密地结了一层珍珠般的松脂,松针呢,还散发着好闻的清香。就在松枝和松针间,找一个稳妥的凹槽,搁好水碗。剩下的,就交给时间了。那一夜注定是漫长的。可惜的是,次日天还没亮明就要上学去了。偷偷到柴垛去看看,唉,提一提稻草结,碗里的水还没冻着呢。那一天早上的课也注定是漫长的。放学铃声一声,我便飞奔回家,直取柴垛,哈!果然冻得厚实了!提住稻草结,整碗水,便晶亮笃实地给拽起来了。

那一碗碗冰,是多少个冬天的欢乐啊。

有些年的冬天,天气不够冷,不但没法得到一整碗的冰,河水更是只顾自己流得快活。我忍不住要捡块石头,朝水里奋力一扔,听那泄气的一声"砰通"。

离开云南,在上海见了雪——在你眼里,那大概也算不得雪吧。我才会想,小时候,假若我到过县里的最高峰,假如我见了满世界的雪,我今后的生活会不会有什么不同呢?你大概会觉得,这太牵强了吧?可我怎么总忍不住这么想呢?我总相信那说法,蝴蝶扇一扇翅膀,也能给远方带来一场风暴。

——还是说说山顶的雪吧!

我是几天前才到过那山上。端阳去下乡，我算是凑热闹。当然，用她的说法是，让我这个作家体验生活。汽车在柏油马路上曲里拐弯地往上走。很快，就能看到棋盘样的县城。越往外，越规整。端阳告诉我，最近五年，县城扩张了将近五倍，又说，我们走的路去年才铺上柏油。"你要是前年来，那才叫体验生活。"她不无遗憾地说。

两个小时左右，翻了几座山，穿过几片大雾（有几次不得不停车，牛和羊在车外缓慢地经过，铃铛漫不经心地响了一声又一声，最后面，走过一个穿着单薄衣服、脸色黝黑、吹口哨的少年），吉普车开进了一个水泥操场。操场两端的篮球架、白墙上画了大幅少数民族宣传画的平顶房、种了各色菊花的白瓷砖花坛……目之所及，皆是新的。我明白过来，这就是乡政府了。车外，书记乡长都候着了。听了介绍，才知他俩都是八零后，可脸上，早就满是风霜了。他们和领导到屋里谈事儿，端阳便带我转悠。

"这儿不错嘛！比我想象的好多了。你就在这儿待了五年？"

"嘿，那是你来晚了一年！"端阳撇撇嘴，用手画了一个大圈，"你要是一年前来啊，这些什么都没有，我们的办公室和宿舍，都是又破又潮不知道用了多少年的瓦房。冬冷夏热，吹风漏雨！现在想起来，这种天气住那种屋子，就浑身打哆嗦。"端阳两手环抱，抖了两抖。

"那几年，你和大老王谈恋爱了吧？"

"是呀,我和他认识,就是到这儿的第二年。记得有个周末晚上,我刚从县城家里上来,发现外套忘带了。心想完蛋了,到了夜里,还不得冷死啊。要回去拿,是不可能的,太阳很快就要落山了。再说,也没班车了。这时候,电话响了,一看,是大老王。大老王说,我给你送外套上来了。我说你别,车都没了,怎么送上来?大老王说,你别管了,你先烤烤火,将就一下。我还要说什么,大老王挂了电话,再打电话过去,他没接,发短信过去,他也没回。天很快就黑了。我在屋里弄了一大炉火,炭用了平日的两倍,可还是觉得冷。我没忍住,又打了大老王两次电话,他都没接。我忽然就不敢再打了。天越来越黑,我越来越着急了。炭火一点儿不暖了,我只是觉得冷。忽然,摩托声响,打开门,摩托车灯里,站着的是包裹严实的大老王。我拉他进屋,把他摁在炉子前。他完全冻僵了。"

"你们这恋爱谈得,也够浪漫的嘛。"我笑。

"谁说不是呢?那天晚上我下定决心,这辈子非大老王不嫁了。"

"现在呢?后悔过吗?"

端阳嘴角浮过一丝笑,仰头看天。雾气散尽了,天上流云飞聚。

"那些年那么艰苦,回头想想,还挺美好的。工作也不是一直都那么累,轻松的时候,我们就在办公室烧个炉子,火烧得旺旺的,在炭灰里埋了洋芋和山药。慢慢的,整间办公室都是香的……"

我们走到一株合抱粗的核桃树下,树下一条小溪,潺潺流动。我抬头看,叶子早掉光了,枝叶切割开浓云堆积的天空。

"这是我见过的最大的核桃树了!"

"这就算大啊?以后我带你到山里看看!"端阳又撇了撇嘴。

我想在地上找几个核桃,没找到。端阳指给我看远处的一所小房子,让我猜是什么。我哪里猜得到。端阳故作神秘,说带我去看看。我们踩着铺满落叶的潮湿地面,沿小溪而上,走到半上坡。那是间快要倒闭的土坯房,墙上石灰剥落,隐约还剩几个暗红色的字样,"阶级斗争……纲领……",别的猜不出了。推开虚掩的门,恍然大悟,这是水碓嘛!端阳听我说对了,很是吃惊。水碓我当然见过,但那是二十年前的事儿了,而且,就见过一次,是我和奶奶一起去磨小麦。就这一次,那座水碓便牢牢地扎在我的记忆里了。——你应该没见过吧?可惜那天我手机没电了,不然应该拍下来,发给你看的。

忽然听得一阵噼里啪啦的声音。

起初,我们以为是雨。很快,端阳就喊,"下雪了!"

急切、焦躁、不管不顾地落下。很快,山坡下的水泥路面铺了白白一层。还有更多的落下来,在路面上弹跳着。倒像是在下豌豆。

"是冰雹吧?"我说。

"这个季节,怎么会下冰雹呢?"

都不说话,呆呆地盯着空茫处看。不多时,世界似乎变得舒缓了。

"真是下雪了!"

"没在老家见过下雪吧?毕业后到这儿工作,我也才知道老家还会下雪。第一年的雪就够大的,足足下了一天一夜,出门见到干沟都被填满了。"

"你说,假如我没到上海去读大学,又或者,去上海读完大学又回来了,会怎样呢?我会过着怎样的生活?我又会成为怎样的人?"

端阳呵呵一笑。"你就瞎想吧,你才不可能像我这样留在这儿。"

"为什么不可能?"

"大城市多好啊。"

"那是你想象的。大城市物价那么高,房子那么贵,可工资也不见得有多高……"

"那你怎么不回来呢?"

"不知道啊……我也不知道。"

雪扑扑地下着。远近的山林,都被浓雾遮掩了。

翌日,大公到家里来时,我才刚刚起床。大公坐在堂屋前的小板凳上,一言不发地抽烟。我洗漱好了,看看地上,有了三四个烟蒂。我们出门后,妈又叮嘱了一遍,打不到也没关系,早点儿回来。我说好。

清晨的村道静悄悄的,道边不时出现一片竹林,竹林后是人家。新鲜的阳光透过竹林一束一束射到地面,大片大片铺满屋顶。有户人家几年前还有十来口人,如今人都走光了,只剩下草木恣意生长的菜园和两间了无生气的瓦屋。瓦屋顶上茅草蓬乱。我停了停,呆看了一会儿,想起小时候夜里从这儿走过的情形。大公只顾埋头走路,我紧赶两步。

"他家人呢?都到哪儿去了?"

"有的搬到新房去了,有的是到外面打工去了。"

"两个老的呢?"

"死了嘛。"

"死了?"

"前年,老头死了。头一天我还见他打麻将呢,第二天就死了。隔了半年,老太太也死了。他俩处得好,一辈子没红过脸。"

"记得我小时候,他家院子边种了一溜儿夜来香,一到夜里,那个香啊。"

"嗨,早就砍没了。"

我们拐到后山,慢慢地朝上走。见到几个砍柴归来的,狐疑地看看我们,看看我扛着的火枪。路上的人明显比几年前少了,那时候,这个点儿总是有络绎不绝的人下山的,要么背着松毛,要么挑着松柴。

"好像没那么多人上山砍柴了。"

"太辛苦了,谁还上山砍柴嘛。都是买柴烧了。"

又走了十多分钟,进山了。衬衫后背汗湿了,松林里的风呼呼吹过,一阵阵清凉。我们顺着大路走了一段,拐进了山坡小路。路边的茅草及膝高,在我们身边纷纷倒伏,草叶上还挂着露珠,露珠很快打湿了裤管。

林子里叽叽喳喳的都是鸟叫,却看不见一只鸟的影子。

就这么走下去?哪里才会有野物跑到枪口下啊。我心里犯着嘀咕。大公大概看出了我的心思,从我肩上顺过枪,自己扛着。

"爬过这山头,有片地,会经常见到野鸡。"

"好多年没见到野鸡了!"我颓丧的情绪,又被鼓动起来。

"这两年,这地方的野鸡更多了。"

"为什么呢?"

"附近的人家大多数搬到县城去了,没人打扰,当然就多了。"

大公走前面,我走后面。他一身洗得发白、打了补丁的中山装,衣服完全贴合着他的人,仿佛七十多年来,他一直穿的就是这身衣服。看他一步一步朝上爬,听他呼吸声均匀沉重,那衣服就如同活了一般。我跑到他前面一段,停下来等他,又落在他身后一段,看看离得远了,又跑到他前面去。他则始终是那速度。

果然,越过一片山冈,眼前陡然开阔了。

是一片凹地,估计有上百亩。远远望去,小部分地里种了玉米、花生、红薯、黄豆、小麦,最远处是一片板栗林。大部分地荒着,乱草丛生。

"哪儿有野鸡嘛?"

"你等等嘛。"大公举着枪,慢悠悠地四处打望。

我也四处望。此时太阳升高了,远处的板栗林和板栗林后的松树林灰蒙蒙的,有几间瓦屋隐在林地里。四野一片寂静,只听得见交织的虫鸣。

"你瞧那儿,就那儿,好几只野鸡。"

"嗯?看不见啊。"

"那片花生地,刚动了一下的地方,看见了吧?"

"哦哦,看到了。"我答应着,其实并没看见什么。动的地方太多了,不就是风吹的么?

"只是太远了,打不到的。"大公的语气里也有几分失落。

"不能走近了再打么?"

"这么多草,不等你走近,早被吓跑了。"

我朝地里走了两步,停住了,杂草窸窸窣窣的声音无法避免。

"那就随便开一枪吧。"我这么说,其实还是不大相信真有野鸡。

"那开一枪有什么用嘛。"大公笑一笑。

"是没什么用,我就想随便开一枪……"

"浪费火药嘛。"大公说着,还是随我拿过了火枪。

填火药,塞弹头,用通条捅了几下,抽出通条后,举起枪口。这一系列动作,熟悉又陌生。大概有十多年没这么干过了。

面对上百亩阳光,上百亩虫鸣,上百亩寂静,还要面对更远处的森林蓊郁和雪山闪耀,我的枪口越来越重,越来越重。

"这枪后坐力大着呢,你当心点儿。"

我朝大公侧了侧脸,靠近他那边的耳朵热了一下。眼前闪亮,世界轰鸣,时光静止。虽然有所准备,我还是差点儿一屁股坐到了地上。

咕咕两声。翅膀扑腾。一只野鸡,又一只野鸡,再一只野鸡,从草窠飞出,连成一串儿,呼呼地朝对面山冈飞去了。灰蓝色天幕下,它们鲜亮的羽毛淡淡地泛着光亮。

我长长舒出一口气。大公也长长地吐出一口气。

我们慢悠悠地朝另一片山走去。

"村里的枪早几年不就被收了么?"

"我这枪,也差点儿没了。"

"说是野鸡也不让打了。野鸡是保护动物啊。"我又说。

大公似乎没听见我说什么。

直到下午,我们都没打到什么。中途碰见过几只兔子,也给跑掉了。看看不早了,我提议往回走。我安慰大公,虽然没打到什么,在山里四处走走就很高兴了。大公仍然一个劲儿埋怨运气太差。走到山脚附近一处山坳,看到一片片刚挖过的红薯地。大公让我站住别动,他举起枪,不知道对准了什么,轰的一声,几只斑鸠飞起。

"有了。"他淡淡地说。

我们到了山地那儿,看到两只斑鸠耷拉着翅膀在红土地里挣扎。

这时候,电话响了,是端阳。

"蒋重回来了,到县城吃饭啊。"我这才想起昨天下午的约定。

"好啊,我带野味过来。"

我看了一眼地上的斑鸠,它们已经停止挣扎了。

血把红土染黑了。

见到我拎着的斑鸠,大家都笑,说刚刚还打赌呢,猜我带了什么野味。蒋重说要么是麂子要么是野猪,大老王说要么是穿山甲要么是果子狸,端阳说肯定是野鸡。没想到,竟然是斑鸠。还不够塞牙缝呢!大家又一阵乱笑。

"那都是保护动物啊,你们也敢吃?"

"哈哈,斑鸠怕也是保护动物吧?"

"这不是,不算是吧。"我忽然有些拿不准。

"都给你弄死了,就别虚伪了啊,这样大家还怎么相处?"大老王笑。

斑鸠交给店家后,我们就在包厢里坐了喝酒打牌。

渐渐地,酒酣耳热,大家愈发热络起来。

"听端阳说,你还想着要回来?"

"是想啊,回不来嘛。你们这日子过得多好啊。"

"这么说么,你就虚伪了啊。那么多人说农村好,说小地方好,怎么一个个又跑到大城市去?真觉得好,那就回来啊。"

"身不由己啊。"

"你没媳妇没小孩的,怎么就身不由己了?"

"我也经常在想啊,怎么就身不由己了。怎么就不能忽然就跑回来了?如果我是真的喜欢这样的生活……"我感觉自己说得有些语无伦次了。

"喝酒喝酒!先喝了再说。"蒋重举杯。

"喝了喝了!"大老王附和,"不管回不回来,记得老家里有我们几兄弟。"

"蒋重,你就少喝点儿得了!待会儿么,你女朋友又要骂你。"

"不要这么说嘛,她什么时候骂过我。"

"不要装啊,不要叫我点破你啊。"端阳笑。

"你那女朋友搞定没?什么时候带出来给我们瞧瞧嘛。"大老王一把搂过蒋重。

"怎么没搞定?"

"那你叫她出来给我们瞧瞧?!"

场面渐渐混乱了。我离席去上厕所。上完厕所出来,冷风一吹,酒醒了一半。看看手机,有你的一个未接电话。你大概是怕我喝多了吧,就给你拨回去。

"没喝多,真的没喝多。你听我说话的声音就知道了。"

"听着是没喝多。那你不要再喝了啊。"

我答应了,但我知道,我回去肯定还会再喝的——我并非有意要骗你。这又是为什么呢?是虚伪吗?我想起大老王问我的话，真要喜欢小城市或者说农村的生活，为什么非要待在大城市不回来？我们是真的虚伪吗？

"哎，我问你啊，我要是回老家的话，你会不会跟我回来？"

"还说没醉！这话你都问过多少遍了？我要答应跟你一起回，你真就会回吗？"

"那你答应试试？"我笑。

"你真喝多了，别喝了……"

待我回到包厢，大老王和蒋重嚷起来。

"还以为你躲酒不敢回来了，我们都要换场子了！"蒋重笑。

"换哪儿去啊？在这儿喝不就行了。"

"去接蒋重女朋友啊，去皇城KTV，都订好了，你跟着走就行。"

跟着他们走，到了一个小区门口，蒋重打了几个电话，等得我们直跺脚，才见一个姑娘慢慢地走出来。快到得眼前了，大老王直捅我，"怎么样？怎么样？"

在KTV，几罐啤酒灌下去，酒劲越发上来了。

"蒋重，以前来么，肯定要叫小姑娘的。现在谈恋爱了，只能叫女朋友来了。"

"大老王不要瞎说，你害死蒋重呢。"端阳虎着脸。

"好好好，是我瞎说，我自罚一杯！"大老王给自己倒满一杯酒，白色肥胖的泡沫快速地遮住了杯口，又快速地堆到他的虎口上。

大老王邀我一起唱歌,我却是个地道的公鸭嗓,推脱不过,也只能跟他一起乱吼。他唱歌很好,人又帅气,有种八十年代明星范儿。

"当年,我就是靠在 KTV 唱了一首歌把端阳勾到手的。"大老王听完我的夸奖后大笑。

"这人么,又开始吹牛了!"

蒋重始终窝在光线幽暗的沙发上。混乱之中,我似乎看到他拉住了女朋友的手,想要凑近身,又被甩开了手挡回去。

"蒋重和他女朋友怎么回事儿啊?"回到座位后,我问端阳。

"哪里就是他女朋友哦。"端阳小声说,"人家还没答应呢。"

"蒋重那么好的条件,怎么会不答应呢?看他们挺般配的啊。"

"蒋重么,就是你说的那种,大学毕业就从大城市回来。你们当初一个文科状元一个理科状元,你留在大上海了,他却没留在北京,回来虽然也当了个小领导,总归比不上在大城市啊。我听人说,那姑娘大概是想要离开这儿到大城市去发展的。跟了他,不是有了拖累么。"

我不知道说什么,再去看蒋重和他女朋友,似乎有了些什么不一样。

从 KTV 出来,一弯月亮挂在县城上空,几颗星舒朗地散落附近。

"县城里灯光越来越亮了,看到的星星也少了。"

没人搭理我。

端阳和大老王走了,不知道什么时候,蒋重的女朋友也走了。

我要打车走,蒋重不让,生硬地拽住了我。

"我们再找个地方……坐坐。"

"都这么晚了,算了。"

"你在家里待不了几天了啊,我们再说说话。"

到得烧烤店,蒋重似乎一下子酒醒了,恢复了严肃的面貌,又是烤鱼又是烤肉的要了好几样,还点了六瓶啤酒。

"怎么,你还要喝啊?"我问。

蒋重不答话,兀自给我眼前的酒杯倒满了,又给自己眼前的酒杯倒满了。

"你说,我要是像你一样留在大城市,现在会怎样?"蒋重举起酒杯,他的手在颤抖,酒杯里的酒也在颤抖。

"我这样有什么好?你也知道,北上广深的房价有多可怕……"

"你说,像我这样回到小县城,当初努力考上那么好的大学,是不是白考了?"

"谁知道呢?……"

再次举起酒杯,酒杯里浮着一座雪山,雪山高耸,我沿着越来越窄的小路朝上攀爬,累得气喘吁吁,小路变成了一条烟似的痕迹,越来越淡,简直要飘起来。忽然,整座雪山倒伏过来,压在胸口……我使劲儿一挣,听到了敲门声。

"醒了吗?十二点了,快起来吧。"妈在门外喊,"小虎一早上都在找你,说你昨天答应了他,要给他用野鸡毛扎毽子的。"

我睁开眼睛,盯着一片雪白的屋顶。怎么会躺在自家的床上?看来昨晚又喝断片儿了。

"快起来快起来,你不会喝多了忘了你答应小虎的事了吧?"

我打开门,呆立了一会儿。揉着眼睛,朝楼下走。小虎看到我,破涕为笑。

"达——妈——"

"你是不是眼睛灰瞧不见,哥哥不喊,喊什么大妈!"妈朝小虎喊。

"达——妈!"小虎又喊了一遍。

小虎手里攥着几根野鸡毛,高高朝我举起。野鸡毛艳丽,闪动鲜嫩的阳光。我抬起头望向遥远的山顶,那儿光秃秃的,积雪早已消融。

午夜病人

远离城区的小山下,几盏昏昏沉沉的路灯,将一些脚步匆匆的人引向县医院。呻吟,呼喊,哭泣,一直得到后半夜,方才渐渐平静。

老丁离开座位,伸了个懒腰,打开玻璃窗,隔着生锈的铁栏,望了望县城上空那孤零零一弯月亮。月亮下浮动一大团粉红色的光,将星星的光芒都遮掩了。老丁下意识地摩挲着铁栏,铁锈如沙,沾在手上,低头看看,一痕淡淡的赭红。

"想喝杯酒了。"老丁咂吧嘴。

"你不是戒了吗?"小武抬头看他一眼,又低头看手机。

"戒了就不能想啊?"

"今晚你跟几个病人说过要他们戒烟戒酒来着?"

"我说过?"老丁嘿嘿笑,两根淡黄的指头搓捻着铁锈,"还有烟吗?"

"今晚问三遍了,这是第四遍了!"

"真是老了,老了!"老丁又嘿嘿笑,"你说你个年轻人,怎么要什么没什么?"

"刚说老，就倚老卖老了？"小武收起手机，"这么晚了，还会有人来么？我出门弄点儿吃的，你要什么？"

老丁坐回到自己位子上，光嘿嘿笑。

小武披上外衣朝门外走。

"没意见我随便买了啊！"

朝外没走几步，小武就被两个人撞回来了。

"哎哎，干什么?!"小武连退几步，一下子撞在了正对门的长桌上。桌上老丁的钢笔蹦了起来。老丁也跟着蹦了起来。

"哪个是丁医生？救救我儿子吧！哪个是……"穿一身敝旧迷彩服的男人声音很大，目光在屋里转了一圈，迅速锁定了老丁。

老丁朝后退了退，身子靠到窗上。

小武缓过神来，看到一个异常瘦削的女人悄然站在门口。穿一件很旧的黑毛衣，褐色的衬衫领子看上去很脏。紧抱孩子，看不到孩子的脸。女人并不看他们，一味垂着头，把脸埋在褓褓里。她的脸应该正挨着孩子的脸吧？小武想到这个，心头暖了一下。

"你不要急嘛！孩子什么情况，先让我瞧瞧。"老丁慢条斯理地说——在医院工作几十年，类似的场面他见得太多了。

"能不急吗？脑袋烧得跟火炭一样！丁医生你快点儿开药吧！"

"你是医生还是我是医生？"

"发烧嘛！吃点儿退烧药就好！"男人抓住老丁的一只

胳膊。

"这么简单,还用得着跑到医院喊救命?"

"那是……是家里没药啊!丁医生,你再不开药,我儿子就没救了!"

"你再挡着我,你儿子才真没救了!"老丁想要甩开男人。

"丁医生啊,你就别磨蹭了!快点儿开药吧!"男人急得跺脚。

"我说你怎么回事儿啊!我当医生几十年,没见过你这样的,再着急,也得让我看看病人啊!哪有病人都不看一眼就乱开药的?"

"丁医生……"这时候,门口的女人哭着跪下了。

"哎,你起来嘛!"小武伸手去扶女人。

女人猛地一扭身,生怕小武碰到怀中的襁褓。

"别碰我的孩子!"女人尖叫。

小武吓得一哆嗦。

"我没碰啊……"小武嗫嚅。

"你们医生还有良心吗?!"男人大喊,瞪圆了眼,脖子青筋爆出,唾沫四溅。

老丁被男人一把拽住了白大褂前襟,几乎要被拎起来了。老丁是个秃头,左边的一绺头发伸长了才护住光亮的脑袋,这会儿可好,那一溜头发委顿一旁,如同折了的乌鸦翅膀。老丁满脸涨红,脑袋晃动一下,那只翅膀就跟着扇动一下。

小武回过神来,忙冲上去帮老丁。小武在学校是篮球队的，人高马大，手上有劲，按说应该很容易能拉开男人的，却顾虑伤到老丁，三人便搅到一块儿去了。忽听得身后女人哭号，"打人啦！医生打人啦！"很快，就听见有人聚拢过来，

众人堵在门口，议论纷纷，指指点点。

"你们大家说说，好不容易跑了那么多路，带着孩子到了医院，医生却不给拿药！……"女人喃喃说着，两行泪水流下。

"丁医生，你就快给孩子拿药吧。"众人纷纷说。

"哪个说我不给孩子拿药了？是这两口子不让我看一眼孩子。不看病人就拿药，你们就不怕吃死人？"老丁倒是挣开了男人的手，"你们倒是问问，这两口子是不是脑子有病？"

"医生怎么这么说话呢？"有人窃窃私语。

老丁或许也自知失言，推开男人，理了理头发，朝女人走了两步。

"快点儿，让我瞧瞧孩子吧！"

女人紧紧抱着孩子，泪水依旧流不停。

"都到这时候了，你还瞎磨蹭！"男人大吼，从后面拽住老丁的衣领。

"究竟谁在磨蹭！"老丁也大声吼。

小武一哆嗦。他从没见过老丁这么生气。

"医生，真的求求你了……"女人把脸挨近孩子的脸，半晌，抬起头来。小武看到，女人的泪水淋淋漓漓，把整张脸都濡湿了。

小武又去拉女人，女人一声尖叫，不让他碰。

女人跪着，满眼泪水，正朝男人望。趁这机会，小武忽地从女人怀里抱过了孩子。孩子闭着眼，一溜柔软的黄发耷拉在孩子的额前。女人尖叫着扑上来，被小武用后背挡住了，有几个女人从后面拉住了女人。老丁甩开男人的手，伸出一只手按在孩子的额头。

老丁的手被烫了一下似的。

"你们……这是你们的孩子吗？"

"还能是你的？"男人又开始吼。

"医生，救救孩子吧！他还……"女人没说完，被男人伸长手拽了一把。

老丁又摸了摸孩子的脑袋，甚至翻起孩子的眼皮看了看。他眉头紧锁，手一直微微颤抖着，嘴唇哆哆嗦嗦。

"怎么会？……"

"什么怎么会？"男人扯开老丁，从小武怀里夺过孩子。

男人低头瞥了一眼孩子。女人不停地抚摸孩子的脸。

"孩子死了！孩子死了！"女人喃喃地说。

"你说，你把孩子怎么了？你说！"

"你搞清楚，什么叫做我把孩子怎么了？孩子本来就……"老丁的声音哆嗦着。

"不会的，医生，你再看看！"女人的眼里含满了泪水。

"刚刚还好好的，让你开药你就是不开！现在都！"男人仍然声嘶力竭的。

"刚刚?!"老丁大大喘了几口气,平息下来了,"这都凉透了,你说的刚刚,少说也是两个小时前了吧?你是存心讹人么?"

"讹人?!"男人一蹦,夸张地大叫,"你说我讹人?你有什么证据?明明是你没及时开药救孩子,竟然反咬一口!有哪家的爹妈会拿自己的孩子讹人?大家给评评理!"

人们听男人说得动情,又见女人满脸泪水,纷纷指责老丁,又都说,早点儿给看看,怎么会这样呢?老丁气得牙齿碰牙齿,又强让自己镇静下。

"反咬一口?"老丁哼了一声,"医闹我见得多了,这样的还是头一回。看热闹的不嫌事大,我也不跟你们多说什么。这样,报警吧,让警察来处理。这孩子死了多久,不是我说了算,也不是你说了算。"

小武忙去掏出手机,发现自己竟然也有些哆嗦。

男人伸手去抢小武的手机,被老丁挡住了。

"怎么,报警也不让了?"

"你们都是一伙的!"男人脖子上青筋毕露,声音都嘶哑了。

从进门到现在,男人一直在大喊大叫。黑而圆的脑袋,涨红了,看上去更圆了。

一张张脸涌上来,黑水母似的挤在男人旁边。

小武从来没见过那么多张扭曲的面孔,不管是男人,还是围观的人,他们的嘴巴都大张着,仿佛再也闭不上,一条条猩红的舌头射向老丁，老丁浑身浴血，眼看就要招架不住了。

一伙人推推搡搡往外走，老丁的白大褂不知道什么时候被人从左肩扯裂开了，耷拉着，露出蓝色衬衫。有几个其他科室的医生远远地看着。

"等警察就等警察，我就不信你们能遮了天！"男人声音嘶哑。

一伙人就等警察。

变故是突然发生的——男人朝医院大门走，嚷嚷着，警察呢？你们叫的警察怎么还不来呢。刚拐出大门，他的声音就被他一把拽跑了。

啪嗒啪嗒的脚步声在午夜的大街上奔逃。

小武莫名地想，原来他穿的是拖鞋啊——刚才怎么没注意？

轰然一声，追出去两三个人。都只追到医院大门口，都只伸长脖子朝男人消失的方向望了望。他们除了望见黑暗，不会望见别的。

怀抱孩子的女人，不知道是什么时候消失的。

派出所的人来到时，所有人都说要为丁医生作证。直到此时，小武才去注意老丁。老丁拳头捏得紧紧的，牙关紧咬，怕冷似的。派出所要几个人配合调查，人群一下子散了，都说，大半夜的是来看病的，不是来帮派出所破案的。民警无法，只能让老丁和小武走一趟。

"毕竟人命关天。"一个看上去比小武还小几岁的民警说。

做完笔录，从派出所出来，已是深夜十二点了。

县城的街道空空荡荡。一只眼睛闪亮的野猫跑过，在路中间停了一下。几处昏黄的灯火，让人想起忍不住打呵欠的人。

一个脚步声，跟着一个脚步声。

"去喝杯酒吧？"小武说。

老丁不说话。每走一步，扯坏的白大褂便在他的肩上扑扇一下。

"你不是说想喝酒的嘛……"小武哑哑地笑。

"好！去喝一杯！"

过了一会儿，老丁终于说。

"他妈的，什么事！他妈的！"

"没事了，我们喝一杯去。"

"你说派出所的什么意思？不排除我的责任？我有什么责任？啊?!"

小武不再说话。

"屁话！"老丁啐了一口。

走过一条一条街，一家一家熟悉的店都关门了。熟悉的街道变得越来越陌生，他们甚至开始感觉到，走在身边的也是个陌生人。这种感觉让小武后心发凉。

超市、鞋店、服装店、五金店、化妆品店、摩托店、水果店，都变成了一片一片的卷帘门。那些店里熟悉的身影，都到哪儿去了？快要走到开发区时，才冒出一家亮着灯的烧烤店。这儿离医院较远，他们只来过一两次。

落座后,老丁亢奋的情绪渐渐平复下去了,垂着头,不说话。

"点两个菜吧?"小武把菜单推到老丁面前。

老丁摆了摆手,又把菜单推到小武面前。

"我不饿。"

"那多喝两杯吧。啤的,还是白的?"

"白的吧。"老丁摇摇头,"我喝不了几杯了,你多喝几杯。"

酒菜上来,小武连敬了老丁几杯,不再谈论刚刚的事。三五杯白酒下肚,老丁便醉了,说着说着,眼里有了泪。再喝,就一把鼻涕一把泪的了。"我医好过多少病人啊!"他说,"多少病人出院后,在大街上见到我,叫都不叫一声啊!"小武点着头,答应着。老丁又满了一杯酒,要跟小武碰杯,小武跟他碰了一下,他不等小武喝,便自己干了。"你相不相信,那孩子早就死了?你看见的,不是自己故意不开药啊!"小武点着头,答应着。偷偷给老丁的儿子打了电话,不一时,小丁来了。

"干什么?你们要干什么?喝酒也犯法?"老丁口齿不清地咕噜着。

老丁没能挣开小丁的手,只能乖乖上了车。车子开出去时,小武听到老丁孩子似地哭了。

烧烤和菜都还没怎么动过,要的一斤散装白酒还剩下大半。小武检阅满满当当的桌子,两手往腿上一拍,恍若末代皇帝坐拥最后的江山。

他慢慢地咀嚼着,喝着。似乎有从未尝过的酒味、肉味、菜味,塞满他的嘴巴,乃至全部的感官。他慢慢地咀嚼着,喝着,一个人面对一场盛宴。

一杯一杯数着,直到喝下第六杯酒,他才流下泪来……

那是他六年前了吧,大四快毕业了。他踌躇不定,是要留在上海呢,还是要回家。单是"上海"这两个字,就曾给他在老家带来过荣光。可是,他说不清楚,他爱不爱它。尤其是,想到那吓死人的房价,他就更不知道该对它说爱还是恨了。

他胡乱想着这些时,女友从卫生间出来了。有了。她皱了一下眉头。那怎么办呢?他说这话,完全出自本能。他并没想过要从女友口中得到一个答案。还能怎么办呢?女友说。真够倒霉的。女友又加了一句。

他们照例在学校边开了房间。像是要充分利用可以不戴套的便利,他们接连做了三次。时间已是夜里十一点多。女友说饿了。他穿好衣服,下楼找到尚未打烊的小店,买了菜和饭,又买了一瓶啤酒。回到屋里,他们慢慢地吃着。他看她仔细抖掉一片片菠菜上的浮油,再慢慢塞进嘴里,腮帮便鼹鼠似的鼓起。他侧身坐在床沿看她吃。

都不说话。

吃完饭,他们又做了一次。

第二天,他们去到查好的医院。他跑上跑下办手续,发现钱要比之前咨询的多出不少。来也来了，没办法，只能交钱。医生问他，要不要打麻药？打麻药还要再交钱。他说当然要打。医生便告诉他需要交多少钱。他沉默了，跑去问女友。女友看看她，咬了一下嘴唇。还是不打了吧，忍一忍就过去了。他摸了摸女友的脸。你能忍？万一很疼呢？女友笑了笑，没事的。他说，那好吧。又摸了摸女友的脸。他跑到楼下去找医生，医生说，哪有不打麻药的？要命了！这个钱也是能省的？他唯唯诺诺。医生是个四十多岁女人，说我跟你说小伙子，对女朋友不能这么抠门的！我帮你做主了，交钱吧！他只得交了钱。

女友躺在床上，从手术室推出来了。

推往病房的路上，女友的一条腿白花花地耷拉下来了。他抓住腿，重新放回去。那条腿又重又滑，弄了几次，都没能成功。女护士让他别弄了，帮忙把人抬到床上吧。

他完全抱不动女友。麻醉后的女友，体重似乎成倍增加了。他看到她两胯间的毛发毫无遮挡地露了出来，便用衣服去遮。女护士瞥他一眼，出屋去了。

女友久久不醒，只能含糊地咕嘟几句。窗外的悬铃木刚展叶，绿茸茸的。阳光西斜，那些枝叶的影子便在女友身上活了。有风掠过，便蓬蓬地动着。有一片叶影刚好落在女友脸上，他用手轻拂那片影子，一遍又一遍。

你怎么给我打了麻药。这是他听清女友说的第一句话。

我们的孩子……死了。这是他听清女友说的第二句话。

你以后,不会嫌弃我吧?这是他听清女友说的第三句话。

过了两个月,他们才分手。

他回到老家小城,女友留在上海。

她大概已经跟人结婚了吧?他不知道。他自己是要结婚了。他离开上海回到老家对不对呢?他也不知道。其实也没什么对不对的。他只是有些好奇,如果他仍留在上海,会是怎样的人生?什么样的一生,都是一生吧。终了,他总这么安慰自己。

他喝掉最后一杯酒。酒杯往桌上重重一撴。

走出门去,扑进县城浓郁的暗夜里。

"快跑吧!不要被抓到啊!!!"

他两手拢在嘴边大声喊。

——不知道冲谁喊。

公　园

　　许多年前，公园和小学间的围墙有一道缺口，下课后，学生们常常要跑到公园里打闹。公园管理处似乎从来没说过他们，似乎默认了公园就是学生们的娱乐场。男孩子们奔向各种秋千、滑梯等，女孩子们抢不过男孩子们，多半会两个人拉着手，顺着那些静静地开满花的小路走走……许多年后，她沿着光影匝地的小路走过来，停下许多次，母亲一次次停下等她，等她们走到活动的地方，太阳已经坠到公园外的一排高楼后了。

　　湖边空地上，一群一群人围在一起。最多的一群大概有百多个人，占据了一个小亭子，外围的人只能踮起脚朝里望。从旁走过时，她也朝里望了一眼，什么也没望见。隔开一百来米，才是她和母亲要到的地方。有二十多个人，不多，也不算少了。

　　"李医生，来了？"

　　"李医生啊，今天你可来晚了。我们都等你呢。"

　　"哎呀，这是小树吧？长得真像李医生啊，真漂亮！"

　　有人站起来，有人转过身，纷纷和她们打着招呼。她听他们提到自己，不由得往母亲身后缩。母亲反拽住她一只胳膊，把她往前推。

"小树,这是张阿姨、刘阿姨、苏阿姨……"每一位被母亲介绍到的人都微笑着。她们纷纷伸出手来,抓住她的手,摩挲着,摩挲着。她们的手都有着老年人特有的绵软、温和。她是稍稍有些洁癖的,并不喜欢这么被人拉着手。是一个细节让她忍受下来的。她发现,她们其实都注意到了她手腕上的伤痕,但都微笑着略过了。

"小树,让我给你介绍我们这儿的男子汉。"苏阿姨捏了捏她的手,"这是老顾,你可别小瞧他啊,他看着就是个干瘪小老头,可是大秀才,精通好几门外语,什么英语啊俄语啊法语啊,多了。还写得一手好文章,还会画画、会拉二胡、会拉手风琴,总之啊,会的可多了。对咯,他和你可是校友啊!"

"你就会夸大……"老顾干干地笑了笑。他坐在一个小马扎上,微微弓着腰,腿上搁着一把二胡,"人家小树才是真正的高材生……"

"你就别吹捧自己了!你们一个学校的,你说她是高材生,不就是说自己嘛。"苏阿姨笑起来。旁人也跟着笑起来。

"这个啊,是老李,还有他,老赵……"苏阿姨爽利地介绍了每个人的特点,就剩最后一个人了。那人穿一件灰色夹克,夹克里是一件蓝色衬衫,戴眼镜,脸色红润,头发梳理得一丝不苟,挺直身子坐在椅子上。苏阿姨指着他,笑了几声,才说:"最后这位啊,是咱们的村长,老陆。"

"你净胡扯!"老陆一板一眼地说。

"小树啊，"苏阿姨揽着她的肩膀，"你以后就叫他'村长'，至于为什么，苏阿姨先卖个关子，你以后自己问他吧。你和他可真是有缘，他好几天没来了，今天一来，你就来了。"说到这儿，苏阿姨忽然停住了，有一层暗影迅速浮过眼睛。

她礼貌地微笑着，并没有记住所有人。她想着，也许，她就来这么一次，有什么必要记住每一个人叫什么呢？

有些冷场。所有人都望着她，似乎都期待着她说点儿什么。她心里明白，他们跟她说了很多，自然她也得说点儿什么。可是说什么呢？她琢磨着，一个膝盖擦着另一个膝盖，一只手绞扭着另一只手。她脑袋里满满当当地塞了一大团棉花。

"我……我没什么好说的。"她以一种破罐破摔的气概说出了这句话。

大家愣愣地瞅着她，她看到了每一个人脸上浮过的尴尬神色。母亲从背后捅了捅她，她只当作没感觉到。

"哈哈……"苏阿姨两手一拍，笑道："那是那是，小树还用得着说什么吗？你妈妈连你小时候的每一件事都跟我们念叨过了。小树啊，你今天来，就够我们高兴的，我们得给你露一手，大伙说，是不是？"

老人们都轰一声应和着。

"平日里啊，咱们的大歌星是李医生，今天这第一首歌，得我苏阿姨出马了，李医生和小树都是嘉宾。秀才，你说来一首什么？"苏阿姨转头瞅着老顾。

老顾低下头，思索着，仰起头来，眯缝了眼，手上一抖，

音乐随之倾泻而出。苏阿姨也眯着眼,略略一迟,脸上即刻有了灵动的神色,微微昂了头,两手轻轻地划动着:

> 迎来另一个晨曦,带来全新空气。
> 气息改变情味不变,茶香飘满情谊。

是七八年前大街小巷都在传唱的《北京欢迎你》。

她还是头一次听到用二胡拉这首歌的,更是头一次被这样的方式"欢迎"。

苏阿姨的嗓音轻柔、清亮,唱了几句,老人们都加入进来了。她看到,站在身边的母亲也跟着轻轻地哼着:

> 我家大门常打开,开怀容纳天地,
> 拥抱过就有了默契,你会爱上这里。

所有这些从来没到过北京的老人都在歌唱,都在微笑,都在望着她——她是到过北京的。他们下意识地拉住了彼此的手,身体随着歌声轻轻地摇摆着,摇摆着。有两只手分别从两个方向伸向她,一只是苏阿姨的,一只是母亲的。她展开手掌,抓住了两只手,身体也被她们带得微微摇摆着,不禁低低哼唱道——

> 有梦想谁都了不起,有勇气就会有奇迹。

歌声一歇,谁也不说话,忽地,都拍起手来。不知何时,旁边多了一二十个围观的人,大多是中年人,也跟着一起叫好。"好,好!"苏阿姨脸色通红,还朝她竖起了大拇指。她被这么一"表扬",心中立即有了说不出的懊恼,恨不得扇自己两个耳光:"多么傻逼啊!竟然在大庭广众干这么傻逼的事儿!"她真后悔,怎么就一时心血来潮跟着母亲到这儿来了。她一只手还被母亲握着,挣了两下,母亲才放开,扭头飞快地瞥了她一眼,欲言又止。她低头看看两只手,都被捏得汗津津的,说不出的厌恶,不觉蹙了眉头。她摸了摸口袋,有一包卫生纸,没怎么多想,就抽出卫生纸来擦了擦手。抬起头来,发现苏阿姨正盯着她,她像是做了什么见不得人的事,不由得红了脸。"这天一下子热起来了。"她说。

"我有个提议,让小树也给我们唱一个,怎么样?"苏阿姨说。

"好!"老人们又是轰一声应和。"村长"老陆带头鼓掌,苏阿姨瞅了他一眼,也跟着鼓掌。大家都望着她,像一些等着大人发糖的小孩。

"我……我不行的……"她感到脸上燃起了一把火,转眼就烧遍了全身。

"小树别谦虚,有其母必有其女,李医生那么能歌善舞,你哪可能不行?"

"我真的不会唱啊……完整记得住词的一首歌都没有。"她只觉得脸上身上都渗出了汗水,手里捏着纸巾,想要擦一下，又不好意思。

"哎呀，你们这些人真是的！小树不愿意唱，就不要逼她了啊。"村长老陆言语中颇有些不满。

"你才没道理了！带头叫好也是你，带头埋怨也是你！"苏阿姨瞪一眼老陆，嗔怪道："我们这怎么叫作为难小树？"

村长老噘着嘴，骂了一句什么。苏阿姨眼睛瞪得更大了，说："瞧你那嘴，小辈面前不兴说这种话啊。"

"我说什么谁听见了？偏生你听见！"

大家都咧着嘴，饶有兴味地看着他俩旁若无人地斗嘴。

"你就给大家唱一个吧。"母亲瞅着她，"你以前在家里也唱的嘛。"

"我哪有啊……"她恨不得转身就走。

"照我说啊，不如来个母子合唱。""老秀才"老顾说。

"老秀才这建议好！我怎么就没想到呢。"苏阿姨朝老顾竖起了大拇指。

村长老陆又咕哝了一句什么，苏阿姨瞥他一眼，啐了一声。

"那我们唱个什么好呢？"母亲看看大家，又回头看着她。

"随便吧……随便什么都行。"

她听到母亲松了一口气。她只盼时间赶快过去。

"嗯……"母亲犹疑着，"《十送红军》怎么样，你以前看过电视剧的……"

"我说随便了……"

母亲拉了她的手,暗暗捏了一下,面向大家,清了清嗓子,唱道:

一送里格红军,
介支个下了山,
秋风里格细雨,
介支个缠绵绵。

母亲又捏了捏她的手,她瞥一眼母亲,母亲也正看向她,她不得不跟着唱道:

问一声亲人,红军啊,
几时里格人马,
介支个再回山。

老人们站成了一圈,脸上一瞬间露出了笑容。苏阿姨看着她,频频对她点头。她心里五味杂陈,眼中渐渐有了一层泪水。老人们脸上的笑越发明亮了。他们一定以为她是被自己的歌声感动的吧?啊,真够蠢的,竟然当着这么多人的面唱这么一首歌。

歌声一停,掌声便将她和母亲裹卷了。

"小树唱得真好!"苏阿姨又朝她竖起了大拇指。

她低下头,佯装没看见。

和老人们一起待了三个多小时，她一直觉得别扭。老人们不止一次想要对她说些安慰的话，又都像母亲一样小心翼翼，不敢开口。她不得不装作没事人似的敷衍他们。活动不时冷场，苏阿姨一次次靠说笑来填充大段空白的时间，母亲一次次向苏阿姨投去感激的目光……她想，老人们也一定很累了吧。但他们非但没有提前结束活动，反倒将活动往后拖延了。

"今天就到这儿了……"苏阿姨看了看表，一副意犹未尽的样子，"她一来啊，我们就没时间观念了，我都不知道旁边的几伙人什么时候走光光了。"

老人们都笑得大张着嘴巴。

"听李医生说，小树最近一阵子没事，以后啊，欢迎她常来……不，是天天来！"

老人们小学生似的，应和着老师一般的苏阿姨。

她想着是不是要表个态，又固执地沉默着。母亲笑呵呵地代她说道："谢谢大伙这么热情，以后我们家她有事儿没事的肯定都会来的，真得谢谢大家……"

她心想，你凭什么代我决定来不来？听母亲说得动情，才忍住了。

公园有四五个大门，大家朝不同方向散去。她母女和苏阿姨是一个方向，一路上，苏阿姨不停地夸她，又是乖巧懂事，又是唱歌好听。她很想说，闭嘴吧你，忍了又忍，只是垂着头，盯着自己的脚尖，一路沉默着。

走了一段路，总算苏阿姨转向了另一条小路，只剩下了她和母亲。

她沉默着跟在母亲身后。

太阳早已落尽。路灯亮了。挂在路灯上的小花矮牵牛被灯光一照，便如一小团微弱的火。其他的花，都沉寂在黑暗中了，只能闻到幽幽的花香。她抬头看天，天上只有三四颗星。她记得小学时候，有一次和两个同学在公园里待到很晚，一直等到没人了，才偷偷摸进湖里，去摘莲蓬。后来，她不止一次莫名地想起那夜沁凉的湖水，以及从荷叶荷花间看见的夜空。天上密密麻麻的都是星星。现在，她只能看到一小块被灯光辉耀成粉红色的天，那三两颗星星要很费力才能找见。

当然，她也不会忘记那晚母亲找到她后的情形。母亲把她臭骂了一顿，又抢过了她手上的四五个莲蓬扔进了湖里。她浑身湿漉漉地跟在母亲后面，脸上也是湿漉漉的。

"你究竟怎么回事？"母亲忽然转身瞅着她。

灯光打下来，母亲的脸恰巧一半明亮，一半黑暗。

"没怎么啊……"她撇了撇嘴，掠了掠额前的一缕头发。或许为了刺母亲一下，故意又加上一句："挺没意思的。"

母亲明显被她刺中了，愣怔着，微微偏了脑袋瞪着她。她迎着母亲的目光——母亲的两只眼睛也一只明一只暗，却都射出灼灼的光来。她转而盯着母亲的嘴巴——一半明一半暗的嘴巴。她想，接下来的话不知是明的还是暗的，忽然，噗嗤一声笑了。

"还笑？！你知不知道……你今天有多么不礼貌？"

她看到母亲的嘴唇哆嗦着——一半明,一半暗。

"有什么办法?我已经尽力了……是他们非要让我唱啊,你还说呢,你怎么选了那么一首歌,真够老土的。"她越发表现得满不在乎。

母亲的嘴唇翕动着,半响,只说出一句话来:"算了,回家。"

她盯着母亲的背影。灯光亮一段,又暗一段,母亲的背影时而明晰时而模糊。走到两盏灯中间时,她的身影便叠到了母亲的背影上,恍若母亲背着自己。

阒寂中,手机铃声突兀地响起,倒把她和母亲都吓了一跳。母亲掏出手机,盯着屏幕看了一会儿,才按下了接听键。隔开五六米的距离,她听到母亲喊了一声"小苏"。电话那边的声音很低,似乎时断时续。许久,才听母亲说道:"我说了早点去查,他就是不听,你也不劝劝他……没想到……"电话那边又说了些什么,母亲说:"那也不能完全随着他,还是要尽力……"电话那边又说了一串什么,母亲便挂了电话。

她想问问出了什么事,但母亲不说,她也不问。她们在昏黄的灯光下静静地站了一会儿,附近的草地上,有人搭起了露营的帐篷,几个小孩在帐篷间跑来跑去,鸟一样展开手臂,旋转着,发出小兽般尖利的喊声。有风从远处的湖面吹来,夹杂着一股淡淡的腥味。

"你今天去不去?"母亲不声不响地料理完家务,对窝在沙发里看电视的她说。

"我都那么不礼貌了,还敢让我去?"她扭过身,挑衅地盯着母亲。

"随你吧。"母亲怔了一下,转身朝家门走去,"我今天一定得去。"回头盯着她,说道:"你在家里好好的,你不是小孩子。你也要替我想想……我从来没对你说过这话。"说着,竟有些哽咽。

她倒有些意外,扭着身子,看着母亲弯腰穿上鞋子,拧动门把手,打开门,又咣一声关上。在门关上的一瞬间,她再次喊道:"等等……我和你一起去。"

快走到活动的地点了,她却又打了退堂鼓:"我还是不去了吧?"她迟疑地望着远处熙熙攘攘的人群,有歌声一阵阵传来。"人太多了,闹得慌,我想一个人走走。"

"走去哪儿?"母亲明显有些焦灼。

"就在公园里随便走走,你放心……"

母亲定定地看了她一眼,说道:"那好,等我那边结束了,给你电话。"

她点了点头,朝母亲笑了一下。

母亲走了几步,回头望着她,她也望着母亲。待母亲消失在人群里了,她才大大地呼出一口气。天上浮着几朵云,浅绿色的湖水漾动着,水底的云朵似乎比天上的还要真实。她盯着水里的云看,久了,有点分不清是云随着水在动,还是水随着云在动,脑袋有些发晕。忽然醒悟过来似的,看看四周的人群,嘈杂的声音乱成一团,都是陌生的。她放心了,沿着湖边,朝着与母亲相反的反向走。

湖边的人真多。有单独的,也有成双成对的,拉着手,或者搂着腰,也有的干脆靠在湖边栏杆上接吻。她不去看他们,只去看那些形形色色地聚在一起的人,除了老年人的团体,也有青年人的。其中一个青年人团体聚在一棵高大葳蕤的雪松下,传出一阵急促的、韵律感十足的鼓声。她走进了,从人堆里看进去,只见七八个年轻人一排坐着,在敲一种中间细两边粗的鼓——她在一部关于非洲的纪录片里见过。为首的是一个女孩子,留长发,戴墨镜,一只脚随着鼓点颠颠着,不时扭头鼓励旁边的人。不一时,鼓声停了下来,女孩旁边的人全部站了起来,有的朝女孩说了声谢谢,有的朝女孩鞠了一躬,另一拨人到了他们的位子上坐下。她明白过来,这里面"专业"的只有女孩一个人,剩下的全是观众。她也有了坐上去一试的冲动,朝前走了一步,女孩刚好抬头望着她,目光中似含有鼓励,她反倒畏缩了,反倒朝后退了两步,这时,几个人早已上去,嬉笑着抢过了位子,女孩对她淡淡一笑,转头叮嘱新的参与者如何操作了。她讪讪的,挤出了人群,不一会儿,身后就传来了节奏分明的鼓声。

阳光细小的颗粒在空气里震动着。

她避开人群,钻进了一条几乎被两边的刺槐遮没了的石板小路。小路上的石板光滑柔腻,凉意直钻脚心。刺槐树浅紫色的花穗一嘟噜一嘟噜地悬垂着,好似即将成熟的葡萄,不时撞上她的脸,也是凉凉的。走了约莫百十来米,眼前豁然开朗,一片疏落的水杉林边,有一小块空地,一对父子在打羽毛球。紧挨着树林,有一张椅子,椅子上坐了两个六十多岁的女人,像是姐妹,一个拉二胡,一个吹笛子,曲子很忧郁,两人也很配合地灰着脸。她驻足听了一会儿,心中堵得慌,绕过了杉树林,继续往前走。这一条路竟是越走越荒凉,走了大概百十来米,又到了另一片开阔地,几株合抱粗的繁茂的悬铃木围绕着一个圆形碎石子广场。

广场有三四间教室大,不远处就是湖泊,但湖边的路在这儿断了,也就少有人来,广场空旷而荒凉。广场边上,登上三四级台阶,是一方四周有着欧式立柱的大理石平台,平台上搭着花架,架上爬满了紫藤。一位六十多岁的老人站在台阶边。老人身形微胖,戴一副很大的眼镜,白衬衫外披着灰色夹克,夹克的两只袖子轻轻地晃荡着。他对着支架上的乐谱,悠悠地吹着口琴。支架边还搁着一只小小的音箱,将音乐传得很远。老人吹得并不熟练,不时停下来,俯身子凑近了看乐谱。或许是他的认真劲儿打动了她,她站在老人对面的树下,久久注视着老人,好一会儿,干脆在树边的一张椅子上坐了。

老人吹的是加拿大民歌《红河谷》:

  人们说,你就要离开村庄,
  我们将怀念你的微笑。
  你的眼睛比太阳更明亮,

照耀在我们的心上。

虽说从小生活在县城,这一刻,她似乎也有了自己要离开的村庄。但她能到哪儿去呢?她似乎看到雾气弥漫的原野横亘在眼前,没有一条路,音乐是唯一的路。只想着,音乐能持续下去。然而,总是时断时续。老人不时拉一下滑落的外衣,不时俯身看乐谱。音乐停歇时,她便眼巴巴地盯着老人,心儿乎要停止了跳动,乐曲再次响起,她才长长呼出一口气。

一对外国人出现在对面小路口,男人留着莫西干头、穿破洞牛仔裤、尖头皮鞋;女的穿着被背心,露出肩上的文身。两人听到音乐,在小广场边站了下来,看看老人,又看看彼此,微微仰了头,静静地听着。她的心悬了起来,担心他们做出什么不当的举动。果然,不一会儿,那男人就跨着步子朝老人走去。老人刚好蹲下调试音箱,并没看到男人走近。男人手上多了一张钞票,走到了老人身后,站住了。她的心悬得高高的,知道他要做什么。男人愣了一会儿,回头对一直站在原地的女人笑笑,摇了摇头,离开了老人。她一颗悬着的心忽然地落了地。两人拉着手从她身边走过时,她不禁感激地看着他们。他们脸上有一种迷醉的神情。

很长时间再没人到来。凉爽的风一阵阵从湖面吹来,带着黄昏的气息。夕阳照耀着湖面,湖水反射的红光笼罩着小广场。老人一点儿都没结束的意思,一遍遍吹着同一首曲子。她也不嫌烦,只盼着他就这么一直吹下去。

朦胧的夕光里，又有两个人从对面的小路拐出来。

定睛看时，却是"村长"老陆和苏阿姨。

他们肩挨着肩，慢悠悠地穿过小广场朝平台走去，苏阿姨略略靠后，伸手拉了老陆一下，被老陆轻轻挡开了。老陆回头说了一句什么，苏阿姨笑着回了一句什么。走到吹口琴的老人身边，他们朝老人点了点头，老人也朝他们点了点头，仍旧吹自己的曲子。

苏阿姨抢先踏上两级台阶，朝后伸出手拉老陆，老陆再次甩开了她的手，又说了一句什么。苏阿姨仍旧只是笑着。

他们面对面站在了平台中央。

苏阿姨的右手握住了老陆的左手，老陆的左手握住了苏阿姨的右手。苏阿姨的左手搁在了老陆的肩，老陆的右手揽住了苏阿姨的腰。

> 走过来坐在我的身旁，
> 不要离别的这样匆忙；
> 要记住红河谷你的故乡，
> 还有那热爱你的姑娘。

口琴呜呜呜地吹着。老陆和苏阿姨慢悠悠地转着圈。一个圈，两个圈，朦胧的夕光笼罩着他们……三个圈，四个圈，远远的，她看得到他们被落日漆成金色的脸。起初，她还担心他们会发现她，很快就知道纯粹是杞人忧天，他们谁也没朝她看上一眼。他们眼里只有对方。夕光将他们的影子投在凉凉的大理石上,两个影子,靠近一些,再靠近一些,渐渐在黯淡的光里融合在一起了。

吹口琴的老人开始收拾东西,老陆和苏阿姨才走下平台,彼此点了点头,又拐进了对面的小路。转眼间,广场上就只剩下了她。风一阵阵掠过湖面吹来,身上有些冷了。她两只手蒙住脸,仰起头,从指缝间,看得见两三颗星嵌在悬铃木的枝叶间。

她在公园里穿行,好一阵子,又回到了小广场,似乎,口琴声还在,苏阿姨和老陆还在,眨一眨眼,又什么都没有。她有些自嘲地想,在这么熟悉的公园,竟然会迷路。但也并不着急,挑了一条小路,漫无目的地往前走去。拐过一个路口,猛然撞上个人,两人一起惊叫。是母亲的声音。

"你这大半天都到哪儿去了?"母亲厉声道。

"我……你看到苏阿姨和老陆了吗?"

"你去哪儿了?!"母亲大口喘着气,"我找了你多少地方,打你手机,竟然关机!"

"你知道苏阿姨和老陆的事吗?"她盯着母亲。

夜里十点多了。她和母亲才坐到饭桌边。饭桌挺大,两人中间,放着一把空椅子。这是母亲为父亲留下的。从她记事起,一直如此。小时候,她为母亲这样的安排感动过,后来,不知怎么就厌烦了。有段时间,她甚至认为,她和母亲的关系一直不好,就因为这把空椅子。面对大而无当的桌子和一把空空荡荡的椅子,她们吃饭时总是格外安静。为此,她以前总是竭力避免在家里吃饭。

第一次,母亲在饭桌上和她说了那么多话。

"那阵子,大家都开他们玩笑,嚷着要喝他们喜酒,他们也说,要请大家吃喜糖。谁知,他们的子女都不高兴他们结婚,或许是怕以后负担重,又或者财产没法分割。据说,两边的子女还一起开了一次会,要决定怎么处理他们的事。苏阿姨的性格你是知道的,说话泼辣,做事也泼辣。当时就撂下话,说不管子女什么态度,只要老陆乐意,就跟着老陆过,以后不要子女一分钱,也不要子女送终。老陆这人呢,犟头犟脑的,事到临头却不如苏阿姨了,有点儿害羞,当着双方子女的面,脸红脖子粗的,半天不说话,最后只说了一句话,说哪有的事,他跟苏阿姨什么也没有的。说完,站起来就走了。剩下苏阿姨一个人,红一脸白一脸的杵在双方子女中间……"

"这些事,你怎么会知道?"

"还不是苏阿姨告诉我的。她又气又伤心,骂老陆窝囊,骂完了又找我哭诉,原原本本把事情告诉了我。不过,谁知道呢,过了几天,老陆也找到我,期期艾艾的,说要我不要相信苏阿姨的话。总之,那之后,他们似乎还像以前那么要好,却再也没说过结婚的话,大伙也小心地避讳着。要不是你看到,我还以为他们分开了。"

她默然着,脑海里浮现出老陆和苏阿姨相拥着在夕阳下跳舞的情形。口琴声汩汩地流动着,他们的身影宛如两篇静默的叶子在大理石地面上旋转。

"你知道吗,老陆快不行了。"母亲忽然盯住了她。

"怎么可能呢?老陆看着完全没问题啊。"她瞪大了眼睛。

"你第一次见到他时,他已经很长时间没来唱歌了。那晚苏阿姨给我打了电话,说已经确诊了,住医院好一阵子了,他中间出来一趟看看大家。"

"什么病?真没办法了吗?"她仍瞪着眼睛。

"癌……这种病能有什么办法?……你真确定去广场那儿跳舞的是他们?"

"还能不确定?我看了那么半天哪。"

母亲半晌不语,许久,喃喃道:"苏培芬啊,苏培芬。我说她最近怎么唱歌一直心不在焉的,原来是这么回事。看来,老陆要么没住院,要么总从医院跑出来。这怎么成?"

"你要怎样?"

"总得劝劝他们,这样子不行。"

"苏阿姨肯定是不愿意让你们知道的,不然她干吗还天天去唱歌?劝他们,我看就算了吧,我觉得他们这样挺好。你不是医生么?你都说老陆的病没办法了,成天待医院又有什么意思?难不成,死活归你们管,恋爱也要归你们管?"

"你这是什么话?"

"就是这话!"

她将披到胸前的头发梢一圈一圈绕着手指,白皙的手指给勒得涨红了。她不抬头都知道,母亲的目光锥子似地扎在她脸上。她执拗地低着头,听着母亲呼哧呼哧的呼吸。许久,听母亲叹了一口气,起身收拾桌上的碗盏。她仍坐着,低着头,一圈一圈缠着头发,手指头红红的,几乎要涸出血来。屋子里,碗盏碰着碗盏,散开小小的白色泡沫般的叮叮声。接着,厨房传出哗啦啦的水声。她一声不吭,回自己的房间去了。

第二天黄昏,母亲没问她去不去。母亲穿鞋时,她开口道:"我也去吧。"母亲提着鞋后跟,抬头看定她:"你要去吗?"

一路上,她们谁也没跟谁说话。到了头天两人分手的地方,她才开口:"我还是随便走走吧,不跟你去了。"

"我知道……"母亲顿住了,"也好,也好,真出了什么事,就打电话给我。医生不是什么都想管,只是,有时候不得不管。"

她没说什么,转身走了。

到了小广场,老人已经在那儿了。吹的仍是《红河谷》。仍旧那么磕磕绊绊的,但就是这磕磕绊绊让她异常感动。她感觉得到,老人是那么努力,那么想要把曲子吹奏出光彩,老人却又并不着急,不急不躁,不时停下,拉一拉外衣,蹲下身调一调音箱……她几乎忘了自己的目的,是苏阿姨和老陆的出现提醒了她,她是来等他们的。她今天做了点儿伪装,戴了一顶有帽檐的黑色帽子,帽子正前方有一个红色的五角星,她每次戴上,几乎都能感觉到它闪闪发亮。这是前年五一外出旅游时,他在小摊上给她买的。她还记得,他给她戴上帽子时脸上浮动的微笑……她果断地掐断了思绪,注视着苏阿姨和老陆。

老陆他们朝她这边瞥了一眼,就不再看她了。他们朝吹口琴的老人微微点了点头,走上大理石平台,苏阿姨握住老陆的一只手,又抓过老陆的另一只手放在自己腰间。他们慢慢地、笨拙地转着圈。口琴声在继续,也是慢慢地,笨拙地。她有种感觉,在这小小的空间里,时间打着漩涡,裹足不前了。

其间,她收到了母亲一条短信,问她老陆和苏阿姨是不是在一起,她皱着眉,没理会,过了一会儿,才回复道,在一起,又补充道,你就放过他们吧。短信发出后,她有些后悔,想要再发条过去弥补一下,又抱了一种放任的心,什么也没做。许久,手机没有响动。她也就不去管它了。

老陆和苏阿姨几乎抱在了一起。他们不再转圈了,就那么抱在一起,呆呆地矗立在大理石平台中央。她见惯了年轻人抱在一起,却还是第一次见到老人这么抱在一起的。她竟有些不好意思看,低了头,心想,幸好吹口琴的老人背对着他们。等她抬起头来,看到苏阿姨已经挽着老陆的胳膊,消失在小路尽头了。

说不上出于什么目的,她跟了上去。走过吹口琴的老人身边,老人似乎朝她瞥了一眼,她感动心在胸腔里突突地跳动着。天色正迅速地暗下去。

新 生 曲

三分之一的时间几乎已经过去
那时候所有的星星都闪闪发光
当爱情突然出现给我
让我充满了恐怖的记忆

——但丁《新生》

A 面·小雾之一

"今天立冬了,"她说。"冬天的时候,人会变得更残忍一点儿。"

"怎么了?"他给自己的杯子倒满啤酒,再给她的杯子倒满啤酒。他应该先给她倒酒的,每次都忘记。啤酒泛着泡沫,隐隐可听见泡沫生长和破碎的声音。

"没,就突然这么觉得。"她看看他,笑一下,眼角生风,脸上闪过光亮,是店外马路上驰过的汽车的灯光。隔音效果很好,听不见一点儿车声。

"可是回想一下,我每次很决绝或者很残忍地对待自己的时候,都是很冷的时候。"她两只手握住啤酒杯,往嘴边送,小心翼翼,仿佛怕冰镇的啤酒烫到嘴唇。"以前我觉得可以对自己苛刻一点,就不自私,就可以对别人好。后来觉得,对自己残忍的时候,很容易也残忍地要求别人,其实也是对别人残忍。冬天的时候,甚至可以为了暖和点儿入睡,就抱紧别人。冷让人做得到,忘记自己喜不喜欢……"她说了一大通,他抬起头看她,她停住不说了,又冲他笑笑,脸颊红润,眼角生风。

"哎哟,我说什么鬼话啊……"她瞬间回复到以往的那个人。

"小雾。"他喊她。

"嗯?"每次他喊她的名字,她都如此认真地回答。

"没什么,喝酒啊!"

杯子碰到杯子。有酒洒到他手背上,凉津津的。

真是到冬天了。

法桐叶还黄着,银杏叶还黄着,路边花坛的小菊花也还黄着。他却穿上皮夹克了。还记得刚到上海读书时,即便到冬天了,他也每天洗冷水澡。

"我没跟你说过吧?到上海的第一年,我一直洗的冷水澡。"他缓缓喝干了杯里的酒。"上海的冬天,真够冷的,北方的同学都冻得受不了。到冬天了,他们看到我仍往水房边的淋浴间跑,那个惊讶啊。淋浴间只有冷水,夏天的时候,大家都在那儿冲凉,冬天一到,就全跑学校的公共浴室去了。我一个人在三四十平方米的淋浴间，脱了衣服，冻得哆哆嗦嗦，拧开水龙头，喘上好几口大气，才敢凑过去。水那个冷啊！冲到头上，就如同石块砸下来。这时候我才知道，香皂真是好东西，能让人干净，还能让人暖和。我赶紧往身上抹香皂，总算是暖和一些了。到了过年前后，香皂也不起作用了，每次洗澡，头皮都痛得厉害……我干吗不去澡堂？嘿，我以前跟人说到这事儿，就说是因为穷，要省钱，其实省钱并不是最重要的，最重要的是，进澡堂要刷卡，我不知道怎么刷卡啊。我又不好意思问同学。"

"就为这个？"她给他倒满酒，再给自己倒满酒。

"你不知道，那时候我有多腼腆……见到女孩儿，甚至连话都不敢说了。"

"去！"她笑，飞他一眼，"这我可没看出来。还记得吧？我们第一次见面，你就……"

"谁知道那是真是假啊？你不也说你不记得了？"

"我后来想起来了！"她笑笑。

"那不算……哎，说说现在吧，你最近工作怎样啊？"

"能怎样呢？我这个星期基本每天都加班，老板死盯着数据。你说他是不是太孤独了，想大家陪陪他？"她也他一眼，自顾自喝了一杯酒。

"夏天过去了，喝不下啤酒了。喝黄酒吧？"她放下酒杯，盯着他。

"我怕醉。我一喝混酒就醉。"

"跟我喝酒你还怕醉?"

"怎么跟你喝就不怕了?醉了多丢人啊。"

"去!你丢人的次数还少么?多一次也不多嘛。"

说话间,服务员已经走过来,一手一瓶上海老酒。她让服务员把两瓶都打开。服务员问,都打开?她又说了一遍,都打开。他始终看着她的脸。

"别看我!"她说,"我脸上又没长麻子。"

他越发专注地盯着她的脸看。下巴,嘴巴,鼻子,眼睛,眉毛,额头……他该怎么形容这张脸呢。熟悉,却又忽然觉得陌生。她留着小伙子似的短发,短短的刘海柔顺地分开,额头在灯下泛着一点点儿光亮——她在想些什么呢?

她朝他凑过脸,伸手将额头前的头发朝两边撩了撩,抿着嘴,圆睁眼,定定地瞅着他。

"看到什么了?"

"麻子!"他哈哈笑。

"你脸上才有麻子!"

火锅端上来了,搁在两人间,呼呼地冒着白气。他看不清她的脸了。

菜一碟一碟端上来,白的白菜,青的青菜,红的羊肉,蓬勃地堆放在桌边的小推车上。看看窗外路上走过的瑟缩的行人,再看看这火锅,这菜,越发觉得冬天来了。

他们拿上碟子,朝火锅里倾倒。

一蓬一蓬的热气持续升腾着。

"你要看好他啊,别再让他喝多了!"不知何时,戴茶色眼镜的老板转到他们身后。

"不会不会,老板放心!"她抬头看老板,眨一眨眼。

"我上次没喝多啊……"他挠挠后脑勺。

"那还没多?桌子都快给你掀翻了!"老板笑,指指她,"你喝不过她。"

"嗨!老板都说了,你就少喝点儿啊!"

"上次确实没喝多,我还记得,我是差点儿推倒桌子,可要真喝多了,就什么也记不得了。"他隐约回忆起上次的情形,他倒在地上,被她扶起。

"那是啊那是啊,你多能喝呀!"她朝他眨眨眼。

"喝是不能喝了,今年都不知道喝醉多少次了,每次喝多都失忆……三十岁了,这辈子差不多三分之一的时间过去了。"他抬起头看她,她白皙的脸被热气一熏,红扑扑的。

"我可不想活那么久……趁着年轻,多喝几杯呗。来!干一杯!"

看她一仰头喝光了,他才慢吞吞喝了。

"这是我们第几次一起喝酒了?"

"谁还一次次数着啊?"

"第三次……好像很多次了,其实也就三次。还记得第一次喝,也是在这儿。说真的,那天真够神奇的,第一次跟你见面,就喝那么多……"

"要不是我们都喝多了,我们今天也不会在这儿继续喝了。"

"这么久了,我倒是一点点想起那晚上的情形了。说来奇怪,我没什么网友的,你算是极少的几个之一,竟然就见面了,而且见面前还没聊过几句。"

"是啊,我也觉得奇怪。那天忽然就给你发私信约你出来喝酒。没想到你就答应了。可又觉得吧,这一切挺顺其自然的。"

"一切都是不可避免的。"他笑笑。

她欲言又止,举起酒杯和他碰了一下。

"你想说什么?"他给自己倒满酒。

"你知道吗?我们第一次见面后,我回去把她的微博从头到尾又翻看了一遍。"

"你说我前女友的微博?那可是好几千条微博啊。"

"是啊,我看了好几天。说实话,她比你可爱多了。"

"那是,她是挺可爱的。我知道很多人喜欢她。她和我说过,她只要在微博上发,说要到哪儿了,就会有很多那个地方的男人约她喝酒。"

"我说的不是这个……"

"那是哪个?"

小雾摇一摇头,抬起酒杯晃了晃,不言也不语。

"你和她不一样。"他笑一笑,举起杯子,和她的碰了一下。

"我知道。"她端起杯子喝了一杯。

"对哦,你最近见小舞了吗?"

"小舞?"他稍微愣了一下,"我上次见过她后,再也没跟她联系过啊。再说,除了微博,我都没她的联系方式。"

"真没有?"小雾笑一笑。

"真没有……怎么?这有什么好骗你的?"

"没什么,就随便问问。"小雾低下头喝酒。

B 面 · 小舞之一

和小舞第一次见面的情形,是过了好些日子后,他才慢慢想起来的。

那天是小雾和小舞一起约的他。此前他们完全不认识,她俩给他发了微博私信,直接约他出来喝酒。他觉得特别,就回复了。他在手机上一直在跟小雾聊,没顾上小舞。等到见面,他和小雾俨然很熟悉的样子了。透过书店的玻璃幕墙,他一眼就在往来穿梭的人潮里认出了穿一身深蓝色牛仔衣服、蓄着齐耳短发的小雾。穿过书店大堂里的一排排书走出去,午后的阳光照亮大堂的瓷砖地板,反射后的光芒笼罩着他。他忽然想,他像是穿过了历史和光阴交织而成的一张网。

他喊小雾,小雾朝他笑笑。

"去哪儿呢?"他说。

"我找好地方了。"

小雾朝前走,他很自然地跟上去。这时候,他才注意到小雾身后闪出的女孩儿。和小雾的男性化打扮不同,她显得清秀婉约许多，小小的脸盘，长发披肩，一条灰色棉布长裙，脚上一双细高跟黑色凉鞋，衬出她异常白皙的双脚。她注意到他在看他，低头呵呵笑了两声。他这才意识到自己的失态，"你是小舞吧？"

"偷听你俩说话老半天了。"小舞说。

他看看小雾，有些尴尬地笑笑。

大概就是这一刻，他忽然意识到，他和小雾是不是熟络得过于快速了。

去的一个很小的茶餐厅。还不到吃饭时候，八九张桌子都是空着的。她俩挨着坐了背对门的一边，他挪了挪她俩对面的椅子，对着她俩中间的缝隙坐下。小雾跟老板很熟络的样子，要来菜单，点了两个菜，点了六瓶黄酒。他本来说要三瓶的，小雾说，那怎么够呢，来六瓶吧。他没再说什么。在酒上来前，他们的聊天时断时续，彼此都有些尴尬。他问她俩，是做什么工作的。她俩一一说了。又问她俩，怎么会忽然约他喝酒呢。她俩相视而笑。

"那你怎么就答应了呢？"

"我也不知道怎么就答应了。"他也笑。

他没再问她们什么。

酒上来后，气氛才缓和了。他们天南地北地聊着，酒一杯接一杯地喝下去。那些话当时他就知道，说过后是绝对记不住的。但小舞的一句话，他记住了。

"她是因为你的前女友，才找到你的。"

"这……"他不知道怎么往下接了。

"她喜欢你前女友,然后就喜欢上你了。不可思议吧?"小舞像是要把恶作剧进行到底。

"你介意吗?"小雾盯着他。

他的心猛地一跳。

他完全不记得当时是怎么应对的了。只记得后来喝多了酒,小雾上楼去上卫生间,他犹豫了一下,也说要上卫生间。他看到小舞不易察觉地笑了一下。他推开椅子,摇摇晃晃地离开桌子,摇摇晃晃地上楼。刚沿着楼梯走上去,抬头看到小雾正从卫生间里出来。在楼梯口,两人让了一下,没让开,自然而然地,就抱在一起了。

他吻住她的时候,她也吻住了他。两条舌头像是两条捉不住的泥鳅。

嘴里一股血腥味儿。

那天,小雾穿的是一条破洞牛仔裤。他抱着小雾,腾出一只手来,从小雾后腰那儿伸进去,一直往下,摸到了两团肥厚温暖的东西。小雾放开那条纠缠不休的舌头,猛地把他推开了。他记住了指尖的那一点儿潮湿。

回到楼下,小舞看看小雾,又看看他。

"你俩怎么消失了这么久?"

"还剩多少酒了?还要加酒吗?"他忙岔开话题。

又上了两瓶黄酒。

剩下的时间里,他几乎都在跟小雾说话,小雾不时和他碰杯。两人很快就有了醉意。小雾满脸酡红,眼神迷离,他想,他一定也是这样子吧。两人的脑袋越凑越近,恨不得隔着桌子吻在一起。他偶尔看一眼小舞,小舞总是微笑着回看他。那微笑让他有些心惊,又或者,有些心动。他心里莫名地有些失落。

自那以后,他和小雾联系频繁,却没再联系小舞。

小舞也没联系他。

A 面·小雾之二

因为时刻提防着,他这次总算没喝醉。大概也因为时刻提防着,两人之间总有些距离,氛围多少有些让人尴尬。他买了单,和小雾一前一后下楼,走出饭店,马路上已是夜色弥漫。灯火照亮一家家饭店酒店,不知哪儿涌出来的年轻人,占据了一个又一个光亮的角落。他想伸手去拉她,她一甩手,避开了。两人并不说话,漫无目的地朝前走。虽说并没喝多,酒意还是渐渐上来了。又走了一阵,眼前是一家宾馆,几个亮着霓虹的大字从上往下排成一列。他抬头看着,像是要一个字一个字去确认。

"要去开房吗?"他嬉皮笑脸的,回头对小雾说。

"好啊。"小雾也抬头看看那一列硕大的店名。

"你不怕啊?"他又嬉皮笑脸地笑,声音里禁不住有些颤抖。

"怕什么?"小雾笑一笑。

"那你把身份证给我。"

"好啊。"小雾在小包里翻找了一会儿,取出身份证递给他。

他接过身份证。一股巨大的力量攫住了他的心。

他到前台开房,期间回头看了小雾两次。小雾斜跨一条腿站着,一副很轻松很无所谓的样子。宾馆大厅是装饰浮夸的土豪金风格,四处镶嵌的玻璃让空间显得复杂暧昧,小雾置身其中,宛如错入了虚假的梦境。

房卡到手,他又回头看了一眼小雾。小雾正东张西望,似乎感知到他的目光,回头看他,笑了一下,便跟着他进了电梯。电梯四壁也是土豪金,顶上是块玻璃。他抬头看顶上,小雾也抬头看顶上。两张昂起的脸像花一样盛开在一起。

一直没说话。不用回头,他也知道,小雾一路跟随着他。走过长长的甬道,太长了,长得简直就像半辈子。终于找到房间,用房卡刷了一下,没反应,又刷了一下,嘀一声,拧了一下把手,门开了。小雾一闪身,从他身后绕到前面去了。他回身关上门,扣上防止外人进入的铁链。转过身来,小雾正贴脸站在他面前。他猛地抱住她,她也抱住他。

"你不觉得奇怪么?"他说。

"什么奇怪?"小雾说。

"我们……"

"我们怎么奇怪?"

他没再说话,小雾也没再说话。

后来回想起这一夜,他始终不明白,自己为什么会变得那么暴力。他简直是把小雾当成了一件没有感情的器具。他很不耐烦地拽掉小雾的牛仔裤和 T 恤,很不耐烦地把她摔在床上,摁住了她的手脚,整个身子压上去,从后面进入她。他咬了她的肩膀,留下了两排牙印,牙印慢慢渗出血来。小雾想要叫,被他用右手蒙住了嘴,小雾咬住他的食指,他咬着牙一声不吭……结束后,他和小雾浑身大汗淋漓。小雾弯腰蜷腿地侧躺在被子上,他从后面抱着她,一只手握住她小小的乳房,另一只手搁在她的大腿上。好一会儿,两人如两具渐渐冷却僵硬的尸体,一动也不肯动。

他伸手去摸小雾的脸,小雾把他的手挡开了。

电话铃声响了。一声,两声,三声……

"你电话响了。"小雾说。

"我知道。"他说。

"你快接吧。"

"不想接。"

"万一是你女朋友呢?接吧。"

他跳下床,在床底下找到裤子,又从裤子里找到手机。果然是女朋友。他看了一眼床上的小雾,小雾拉过白色的被子,严丝合缝地蒙住了整个身体。他按下接听键。

"很快了,这就回来,没喝多的,你放心……"

挂断电话,他似乎才意识到,刚刚发生了什么。

他去扯小雾身上的被子,扯不掉。又扯了一下,仍然扯不掉。

小雾躺在白色被子底下,一具尸体躺在白色裹尸布底下。那是刚刚还温热的身体,刚刚还美丽无比的身体。他低头看看疲软的自己,多么丑陋。

"你回去吧。别让她一直等。"小雾的声音犹如从墓坑里传出来。

"那我回去了。"停了一会儿,他说。

"回去吧。"小雾说。

"好吧。"他说。

窸窸窣窣地穿好衣服,穿好袜子,穿好鞋子。他把地上那条红色胸罩捡起,放到床上。小雾怎么会穿红色的胸罩呢?他有些莫名地想。所有的东西都整理好了,他随时可以推开门走出去了。他没走出去,而是在床沿坐下。回头看看小雾,仍是那个姿势。

"对了,房间有押金的,你明早记得拿啊。"他对着白色被单说,"有两百块押金……你今晚就在这儿睡吧。"

小雾不吭声。

"那我走了啊,要不要我帮你把灯关了?"

他走到门边后又回头问。

小雾仍然不吭声。

犹豫了一下,他关掉了灯。

屋子在他身后一片漆黑,一个墓坑给厚厚的黄土盖上了。

他走在金光耀眼的甬道里,如梦如幻。

"刚才对不起。没弄疼你吧?"坐在出租车上,他发了一条短信给小雾。

"你会后悔吗?"过了一会儿,他又发了一条。

快回到住处时,手机响了,是小雾的短信。

"不会。"

A 面·小雾之三

每次和小雾见面,总是在黄昏时分。小雾住在人民广场附近,上班则在陆家嘴的写字楼里。每天上班下班,都要坐地铁穿过黄浦江。路程不远,却够辛苦的,地铁里的人实在是太多了。"最辛苦的还不是这个,是还得穿职业套装,黑色西装,白色衬衫,脚上是黑色高跟鞋。"小雾说。"你这样子,穿上职业套装是怎样的?"他说。"就那样呗。"小雾很无所谓的样子。"下次穿出来我看看啊。"他说。"真要看?不怕吓到你?"小雾嘻嘻笑。"这怎么会吓到我?""刚开始那会儿,连我自己都被吓到了。""既然这么可怕,那下次穿出来我看看。"他也笑。"哈哈,还是不要了吧。"小雾想了想,低下头喝酒。

再次见面,小雾还是穿了职业套装出来了。

细雨纷飞。他等在地铁口,看人一个一个从地下通道浮现。庞德的那首诗回旋在他的脑海里,"人群中这些面孔幽灵一般显现;湿漉漉的黑色枝条上的许多花瓣。"

有人拍了一下他的肩膀,他回过头来,看到一个陌生人站在身后。

"认不出来了?"小雾笑笑,"我从旁边的地铁口出来了,老远就看到你杵这儿。"

"真是认不出来了。"

黑色西服套装似乎有些小,紧紧地裹着小雾略微有些胖的身体。穿了高跟鞋的缘故,小雾站在身边,比他还要略微高一些。他接过她手中的黑色雨伞,高高地擎在两人头顶。

吃的是烧烤。动筷子前,他看到小雾拿出一张纸巾,小心翼翼擦掉了口红。

"没想到你还会打口红。"他微微一笑。

小雾也笑一笑。

两人吃得都有些心不在焉。

"穿着这身衣服,感觉自己在跟领导吃饭……"小雾说。

"那你就当我是你领导吧。"

"我才不会陪领导吃饭。"

"哎,你们领导知道你平时都干些什么吗?"

"这话说得……搞得我平时违法乱纪似的。"

"就你唱歌啊喝酒啊这些……"

"当然不知道了,我在公司可是个一本正经的好会计!"小雾说着,两手交叠在胸前,挺直了身子,睁大了眼,直直地盯着他。

"想象不出来……"他笑一笑。

各自喝了三瓶啤酒,结账出来,天色尚早,抬了头看,满天霞光。

"这还是我第一次在上海看到这么漂亮的晚霞。"

"是哦,难得一见。"

"你在老家经常看到晚霞么?"

"你去过武汉的吧?下次我带你去。我最喜欢过长江时在船上看晚霞。"

"你去陆家嘴上班,怎么不坐轮渡过去呢?"

"那也得时间来得及啊!"

"也倒是……"一时无话,"这会儿到黄浦江上坐轮渡,看看这晚霞,应该挺爽的。"

"去不去?要不我们这会儿去?"小雾兴奋起来。

"算了吧,"他懒洋洋地说,"从这儿打车到黄浦江边,晚霞早没了。"

"是哦……"小雾有些失落的样子,"这儿其实可以走过去的,也不是很远。有一次,我一整夜失眠,天麻麻亮,就起来了,心想不如早点儿到公司去。出门后,也不坐地铁,就一路走过去。然后,你知道吗?我每到一个路口,前面都是绿灯。一路绿灯。我就那么丝毫不用停顿地一直往前走。太可怕了,十一个路口,十一个绿灯!"

"又不是十一个红灯,有什么可怕的?"他嘴上这么说,心里却多少也有些波动。

"你不觉得十一个绿灯更可怕吗?"

"你看,现在前面是红灯了。"

他拉住小雾的手。

小雾任由他握着自己的手,在这热闹的街道上,在这渐渐热起来的暮春时节。

"绿灯了。"小雾说。

"去哪儿呢?"

"要不找个地方坐坐,再喝点儿?"

"你屋里有酒吗?"

"有啊——"小雾拖长了声音。

"那要不我们到你住处喝吧?"

"也行……就是地方太乱了。你做好心理准备啊。"

"早就做好心理准备了。"

小雾扭头看他一眼,笑了。

"听你说过好几次了,说是和消防队住在一个院子里,真是挺奇怪的。"

"你去了就知道了。"小雾说。

拐过两个路口,来到一扇铁门前,铁门里面传出干净利落的呼喊,"一!二!三!四!……"又传出一阵噼里啪啦的声响。小雾敲了敲铁门,不多时,铁门中打开了一个小窗,一张年轻士兵的脸显露出来,士兵看看小雾,又看看小雾身后的他。

"他是我朋友……"小雾似乎有些胆怯。

年轻士兵不说话,关上小窗,不一时,打开了铁门。

"谢谢啊。"小雾说。

年轻士兵并不答话,在他们身后关上了铁门。铁门的撞击声分外响亮。

进了院子,才知道刚才那一阵噼里啪啦的声响是怎么回事。原来院子对面是一栋五六层高的塔楼,楼内没装修,楼面悬着一架绳梯。年轻的消防战士们正迅捷地沿着绳梯往上爬。

"他们在操练呢。"

"每天都操练?"

"差不多吧……走吧。"

他随着小雾拐进左侧的楼房,楼内昏暗、凌乱,一些废旧沙发和椅子堆了一地,几百年没住过人的样子。禁不住想,这地方还能住人?沿着逼仄的楼梯上到二楼,沿着走廊走了一段,又拐进一道楼梯,更加乌暗了。好一会儿,他的眼睛才适应光线,看清了幽暗中潜藏的一扇扇门窗。稀里糊涂地又走了一段,他听到小雾掏出钥匙来开锁,门打开了,屋里倒还好。沙发冰箱电视一应俱全,地上还铺了地毯。

"我住楼上的。"小雾朝右侧拐。

"那这儿呢?"

"楼下的客厅是公用的,洗澡间和厨房间都在楼下,有时候,我也下楼看个电视。楼下的房间住了两个女孩儿,她俩吧,大概是同性恋吧。"

他随小雾朝楼梯上走,楼梯又窄又陡,小雾的屁股绷紧在牛仔裤里。

"你怎么知道她俩是同性恋?"

"这还不容易?听她们的谈话呗。"

"她们都说些什么?"

"和男女之间也一样啊,说房租啊吃饭啊,也相互吃醋,还谈婚论嫁的。"

"她们又不能谈婚论嫁。"

"那很多男女也不能谈婚论嫁吧?"

他不言语了。

爬到楼上,是个三角屋顶下的空间,弯了腰才能走动。木地板纤尘不染,靠窗的地方支了一张桌子,桌子底下两个蒲团。正对着桌子的,是一套铺在地上的被褥,素色的被褥有种沁骨的冰凉之感。再往里更幽暗的地方,立着一座书架,书架上的书没摆满,书架边靠着一把吉他,吉他边散乱地摆着一些酒,看样子有的已经打开了。

"怎么样?能习惯吗?"

"你怎么住在这样的地方?"

"太破了,是吧?"

"也不是,就是觉得有些奇怪,你一直这么弯着腰不好吧?"

"还好啊,住久了,习惯了。我跟楼下两个女孩儿合租的,本来可以住楼下的,但我还是想住楼上。这儿多清净啊。你看……"小雾说着把窗帘完全拉开,又推开了窗户,"要是没有对面这栋楼,大概就能看到黄浦江了。"

一栋土灰色的高楼矗立在窗外两三米处,高得没有顶似的。

"问题是……有这栋楼。"

"没关系嘛,一样的。"小雾笑一笑,弯腰走到书架边,回来时手里攥着两瓶黄酒。"有一瓶昨天晚上我给打开了,一个人喝了一杯,不想喝了。"

小雾坐在蒲团上,倒了一玻璃杯酒递给他,又自己倒满了一杯。

碰了碰杯,两人各自喝下一半。

小雾背对着窗子,他看到,浓烈的夕光正在她身后暗淡下去。这让他忽然涌起一股对她的疼惜。伸手去拉她,她晃了晃杯子。

"喝酒呢。好好喝酒……"

他不管不顾地拽住她没握酒杯的手一拉,酒杯一晃,一些酒洒出来,在暗淡的夕光中散开一些酒气。她忙把酒杯放到桌上,顺势倒进他的怀里。他很快剥掉了她的西装衣裙。小雾对性事似乎并无多大兴趣,只是默默地仍由他摆布,受难似的分开两条腿。好一会儿,他支起身子,让她侧过身去面向窗户,他从后面抱住了她挺进去。他们静静地蠕动着。两具并没多少活力的躯体,微弱的喘息是他们活着的唯一证据。窗户洞开着,夕光在对面楼层的墙面越来越往上升,越来越多的楼层被黑暗给深深地掩埋住了。偶尔有风经过,撩起窗帘,又疲软地放下。

"会有人看到的……"小雾低声说。

"对面只有墙。"

结束后,他想要坐起,被小雾拉住了。

"再躺一会儿吧。"

他重又躺下,从身后抱着她。她似乎比穿着衣服单薄不少。

"你最近跟小舞联系过吗?"

"没有,怎么了?不是和你说过么。"

"最近和她吃饭,她经常提起你的。她大概是意识到我们睡过了吧。"

"怎么会呢?这个除非你和她说。"

"不用我说,她会感觉得到的。女人的感觉挺准的……再说,她以前也经常和我一起睡啊。我就像你抱我这样,从背后抱着她。你不知道她有多小,抱在怀里像是个小孩儿,真叫人心疼啊。"小雾说着笑起来。

"你俩不会是同性恋吧?"他把她推开一点儿。

"怎么可能呢?我们要是同性恋,早就搬到一起住了……"小雾忽然停住了,略微支起脑袋,"你听,汽笛响了……"

凝神谛听,是汽笛的声音。

"是黄浦江上的汽笛……不知道是往上走呢,还是往下走……"

"往上走的话,能一直走到你的老家武汉吧?"

"大概吧。能走那么远么?"

"以后试试看坐船回去……"他胡乱提议。

小雾不说话了。

他离开时,天黑下来了。他坚持不让小雾送,自己摸黑下了楼梯,拐出楼去,跟守门的年轻士兵说,开一下门好吗?年轻士兵大约还不到二十岁,看他一眼,什么也没说,打开铁门让他出去。铁门在他身后关上的一瞬间,熄灯号吹响了。

A 面·小雾之四

"你不会觉得奇怪吗?"他问,"我们做爱后,你仍然会和我谈论我的前女友。你有没有想过,我和你做过的事,也和她做过?"

"不奇怪啊。又不是同时……"

"不知道你为什么那么喜欢她。你和她,其实挺不一样的。"

"我知道我们不一样,她比我纯粹得多,也勇敢得多。"

"那是你想象的,你都没见过她,仅凭网上她写的一些文章和说的一些话,怎么行呢……我不是说她不好,我是说,她可能不像你想象的那样。"

"每个人对对方都会有想象……你对我也有想象吧?"

"当然有。"他又不知道该说些什么了。此时,传来消防战士们操练的呼喊。整齐划一,刚劲有力。心想,真为难他们了,这么热的天,还穿那么厚实的衣服。

"像这些年轻士兵,倒是挺好的。他们大概不会失眠吧?"小雾说。

"谁知道呢?每个人都有愁闷的事儿。"

"他们那么年轻,每一张脸都那么好看……有时候我喝多了,他们来给我开门,我都羞愧得要死。我想,我比他们大十多岁啊。他们还是孩子呢,他们看到我这样子会怎么想?"

"他们是够年轻的……"他无话找话。

"不知道他们的父母怎么放心得下,就让他们这么出生入死。"

"也没那么可怕吧。死人的事儿,毕竟很少的。"

"不过我爸妈也放心得下我,让我一个人待在上海这么大个城市。"

"你家里怎样?很少听你说起家里的事儿。这两年,我家里的事儿真够我忙活的。"

"我没和你说过吗?我爸妈在我很小时后就离婚了,我一直跟我妈过。现在,我连我爸长什么样都忘了。十好几年没联系了。"

"怎么这么久?那你上次见他,还在读中学吧?"

"高二下学期,我记得。是他到学校来找我。我就和他出去了。那时候,我觉得自己是个大人了,也没什么不好意思的。他带我去了县城的小公园,我问他,是不是有什么话想对我说。他有些窘迫的样子,说没有的,就想带我出来玩玩。我觉得很好笑,我还有一年就要高考了,他好多年没出现了,忽然出现,竟然是把我从教室里拽出来玩玩。但我也没说什么,就跟着他走。要命的是,我发现他大概没钱。我们走到了游乐场,大中午的太阳非常毒辣,空荡荡的游乐场里什么人都没有，只有个卖票的老头在售票亭里扇着蒲扇打盹。他让我等他一下，我就原地站着等着。他跑到售票亭那儿，和老头叨咕半天，中间还指给老头看我。我心里闪过一个念头，他不会要把我卖给这个老头吧？许久，他小跑着回来了，汗湿的衬衫紧贴在他身上。他说，老头答应让我们免费玩儿几圈旋转木马。免费！我心想这叫个什么事儿啊。再说，我也不是小孩子了啊，玩什么旋转木马。但我还是和他一起玩儿了。幸好公园里什么人都没有。如今想来，那真是个没法忘记的日子。那么荒凉破败的公园里，就我们父女两个在玩旋转木马。他像个小孩子似的笑，渐渐的，我被他感染了，也没心没肺地笑。老头喊我们下来时，我竟然有些恋恋不舍了。"

"后来呢？"他问。

"后来，我就再也没见过他了，直到现在，再也没见过。"

"不知道该说什么……"他说。

"我知道，我也不知道你能说什么。"

他拉过她，让她贴近自己。她的身体仍然是陌生的。

小雾抗拒了一下，还是驯顺地躺下了。他怎样弄，她都是听从他的，只是始终没多少热情。消防战士们不时传来的呼喊声也打消了他的兴致。完事儿后，他伏在她身上，感觉到一些东西发生了变化。小雾推了推他，小声说，"我下楼去洗一下吧。你去吗？"

小雾回到楼上后，又恢复了喝酒时容光焕发的样子。

"我唱歌给你听吧。"她笑着说。

"好啊,认识这么久了,还从没听你唱过歌呢。"

"就是,你也没让我唱啊。"小雾弯腰从黑暗里搬出吉他,调了调音准,架起二郎腿,靠桌子坐在蒲团上,手边放了一瓶打开的啤酒。

"唱个什么呢?"小雾清清嗓子,"唱这歌吧……"说着又清一清嗓子。

> 三月的烟雨　飘摇的南方
> 你坐在你空空的米店
> 你一手拿着苹果一手拿着命运
> 在寻找你自己的香
> 窗外的人们　匆匆忙忙
> 把眼光丢在潮湿的路上
> 你的舞步　划过空空的房间
> 时光就变成了烟
> 爱人　你可感到明天已经来临
> 码头上停着我们的船
> 我会洗干净头发　爬上桅杆
> 撑起我们葡萄枝嫩叶般的家

窗帘不时被风撩起,卷到小雾后背上,头发上。他靠墙盘腿坐在被褥上,看着光聚拢在她身后。时不时地,有汽笛声传来。他的思绪飘得很远,黄浦江的水,江上的落日,轮船慢悠悠地开过去,几只海鸥枯叶似地翻飞。可惜被那栋灰色高楼挡住了。什么都看不见。

"嗨,这个怎么被我唱得这么悲情啊,换个好玩儿的啊。"小雾停下来,右手抚在吉他弦线上。偏着脑袋想了想,脸颊露出一个酒窝,"唱这个吧——《李伯伯》,李伯伯要当红军……"小雾唱着,笑着,眉飞色舞,不是唱给他听,完全是唱给自己听。

他离开时,小雾要跟他一起下楼。

"你陪我去买那个吧。"

"什么?"

"紧急避孕药……"小雾有些羞涩,"我还是有些担心。"

"一直吃这个,不好吧?"

"那怎么办呢?"小雾深深地看他一眼。

他不再说话。下了楼,年轻士兵打开铁门,他们走到大路上。夏日的下午,哪儿都是耀眼的。他们并肩走到对面的药店。小雾缩在他身后,"你进去吧,我不去了,他们都认识我了。"他看她一眼,独自进了药店。卖药的阿姨把药递给他,看看玻璃门外站着的小雾,"小伙子,你是那姑娘男朋友吧?她最近来买过好几次这药了,你们小年轻要当心啊,这药可不能这么胡乱吃啊。"他唯唯而退,出门后赶紧把药塞给她。

两人又走了一段,都不说话。太阳晒得脑仁疼。

"再过五个月,就到小舞生日了。你到时候一起来吧。她跟我说的,要我约你一起。"

"还有五个月呢,着什么急?我们又不是这三个月不见面了。"

"我……不想见了……"小雾站住了,盯着自己的脚尖。她穿的是一双白色回力球鞋。十多年前流行的,如今又似乎流行起来了。

"怎么了?"他说。

"没什么。就是想一个人待一阵吧。我挺好的。你也要好好的。"

"真没事?"他不由得皱了眉。

"真没事啊……"

他扬手招来一辆红色出租车,坐进车里,看到小雾站在路边,微笑着朝自己挥手。

车过苏州河,从武宁路桥上望下去,一脉浑浊的江水蜿蜒耀眼,鳞甲片片,千红万紫。又看到四围聚拢来的路上,不计其数的小轿车在行驶,车身无不熠熠闪光。隔着车窗玻璃,一切都是静默的。蓦然想起前女友曾经对他说过的,有一次她在开车,大太阳底下,路过一个人行天桥,等红灯的时候,看到桥上的人走来走去,看到身边慢慢开动的车。忽然觉得,人生怎么可以这样呢?像是什么都安排好了完美无缺了不需要再努力了。一时间,泪水夺眶而出。她说这事儿的时候,他觉得有些莫名,现在他觉着自己是完全理解了她了。回过神来,他翻出手机,给小雾发了条微信——不过一两年的时间,他们已经几乎不再发短信了。

"还是会想要你。"

"我不想了。"很快,小雾回复。

B面·小舞之二

聚会地点在老城厢文庙附近。出租车司机是上海本地人,却不怎么熟悉路。那些曲里拐弯的幽僻小巷让司机一路骂骂咧咧。在一家理发店门口停下,司机说,你往前走走吧,实在开不进去了。他也不理论,付钱,下车。看着手机导航走,转了两个路口,又回到文庙附近了。棂星门立在昏黄的灯光里,石门两侧,两个石狮子蹲伏着,仿佛在伺机扑向什么。看了看时间,还差十来分钟。他重新投身进入那些盘根错节的小巷。这次愈发小心地看了导航,不多时,微信里说过的那家出现在眼前。

进到店里,人不多,大堂角落里一张大圆桌那儿,孤零零坐了个人,走近了看,是小雾。

"怎么才你一个人?"他看看手表,比约定的时间已经超出两分钟了。

"是哦,就我准时。"小雾转过头来看他,并未从椅子上站起。

"好久不见!你还好么?"他在小雾旁边,隔了个椅子坐下。

"还好啊……"小雾拖长了声音,"对哦,我准备干一件大事。"

"大事?哈哈,你要揭竿而起吗?"

"去！你还记得么，我跟你说过的啊，我要开个咖啡馆。"

"说过么？怎么，几个月不见，发财了？"

"发财倒没有，是有个朋友知道后，答应赞助我。"

"记得你说，开个咖啡馆得要三四十万起步资金吧。直接赞助你三四十万？"

"你怎么净想好事啊。是他自己有个现成的咖啡馆，答应让我去经营。我只用负责水电费和员工工资，不用出房租，最后的收益对半分。这样的话，我不就可以省掉大笔房租，按照自己的想法开个咖啡馆出来了？"

"能行么？"他故意做出一副很怀疑的样子。

"怎么不行，我要和他签合同的，哪些事他不能干涉我，哪些事……"

小雾说得很兴奋，仿佛那座咖啡馆已经闪耀在眼前了，仿佛喜欢音乐绘画的朋友们都已经到来，在咖啡馆里各得其所了。

直到小舞和她的三个朋友到来，小雾才从对咖啡馆的畅想里停下来。

那三个朋友有两个也是小雾熟悉的，小舞笑着，给他们彼此介绍了一遍。这些人，有做音乐的，也有做绘画的。他这什么都不会的，置身其中，倒成了异类。喝的是小舞刚刚从苏州带回来的桂花酒，说是这种酒每年只有这么十来天的供应时间，极其抢手。大家都摩拳擦掌的，很兴奋的样子。是用黑瓷碗喝，酒倒进碗里，泛着寂静的光。他喝了两口，觉得不错，不过也没说的那么玄乎。几碗酒下肚,大家方才熟络起来了。

"小雾最近好像瘦了嘛。"有人说。

"那是相思病给害的吧。"另一人说着,冲他眨一眨眼。

小雾笑一笑,不置可否。

他约莫猜出来,大家是知道他和小雾的关系的。不知怎的,他有些不大高兴,刻意装作听不懂,只管一碗一碗倒酒,借着"祝寿",连连敬了小舞好几杯。

"小雾,他这么灌我酒,你也不管管!"小舞眼神迷离,对小雾嚷嚷。

小雾笑一笑,给自己倒了一满碗,端起来,对着他。

"来,咱俩喝一个。好久没一起喝酒了。"

"是好久了。来,喝一个!"他也倒满了一碗酒,端起来。

酒碗一碰,两人咕嘟咕嘟给喝干了。

众人都叫一声好。

"真像你们说啊,酒量真好。我们几个加起来,怕都喝不过他啊。"

不知怎的,他心里又有些不高兴。

"我二十九岁了,明年就三十了!来,我也跟你俩喝一碗酒。"小舞大着舌头说。

他愈发不高兴了,可还是倒满了酒,和小雾一起举杯,跟小舞喝了。

走出小饭店时,几个人都喝得差不多了,歪歪倒倒地相互搀扶着。叫不到车,他们一直往外走,一直走到了文庙路上,仍然找不到车。不得不继续往外走，好一阵子，停在一条不知道是哪儿的大马路边，都不愿意再走了。胡乱朝路上招手，没一辆车理会他们。

好不容易有辆车停下了。大家都说要他先走，他今天喝得最多。他坚持要小舞先走，说小舞是今天的寿星嘛。出租车师傅问了两人的方向，说，"一块儿上来吧，顺路。"

他稍作迟疑，随小舞钻进了后座。

车子开出去，他没来得及看一眼车外的小雾。

"你醉了吗？"小舞大着舌头问他。

"还没有……估计快了吧……"他知道自己没醉，如果醉了，就不会这么说了。

"他们都知道，小雾喜欢你。"小舞说。

"他们怎么会知道？你也知道？"

"我也知道。"小舞扭头看看他，"小雾挺喜欢你的。"

"我也不知道……"许久，他才说。也不知道自己说的"不知道"指的是什么。

两人一时无话，出租车司机把音响开得很大声，震得他们昏昏欲睡。车子拐弯时，一颠簸，小舞朝他身上靠了靠。他不动，让她靠着。又过了个路口，车子又一颠簸，小舞伸出手，攥住了他的手。谁也不说话，两只手攥着，两个人靠在了一起。

小舞的住处到了。他先下的车，然后等小舞出来。

"我陪你走会儿吧，喝太多了。"

小舞看一眼他，又去抓住他的手。

两人拉着手在街上漫无目的地走着。在一个背静的角落，两人终于拥抱在一起。小舞很用力地吻他，等待了很久似的。他也报以同样的力量。他左手抓住她的乳房，右手绕到后面伸进她的黑色短裙里。这姿势让他有一瞬间恍惚。他想要伸出手来，被她反手摁住了。

"要去宾馆吗？"他说。

"你敢吗？"小舞说。

"这有什么不敢的。或者去你那儿，方便么？"

"唉，算了吧，我太罪恶了……我不能这样的……"小舞松开他。

"我也很罪恶。"他很无力地说。

"让我再抱抱你吧。"小舞又抱住他，"我们这样太对不起小雾了。"

"你是不是还觉得对不起你男朋友？"

"你不觉得对不起你女朋友吗？"

"觉得……有时候真是没办法……"

"我们太罪恶了。"小舞一再重复这句话。

两人分开后，一辆出租车刚好停在附近，他跑过去，打开副驾驶门钻进去。出租车上，小舞发来微信——微信是饭桌上刚刚加上的——"你早点儿休息吧。""你说，我们有一天会做爱吗？"他回复。"不会的，我不能对不起小雾。她是我最好的朋友啊。"他没再回复她。

他和小雾的联系渐渐少了，倒是和小舞的联系多了起来。小舞常和他说自己的生活，说领导如何刁难，说同事如何麻烦，也说过去几年经历的事儿。他没想到小舞会去过那么多地方做过那么多事，她到过西安唱歌，到过大理做义工，还到过西藏流浪。这样文艺范儿的人和生活，原先他只是想一想罢了，没想到真遇上了。

"我和你不一样啊，"他说，"我就一直读书，然后工作。"

小舞发来一个笑脸，继续说自己的生活。不知怎么的，就说到了她的男朋友。一个一个的男朋友，在大学期间遇到的，在西安遇到的、大理遇到的，还有西藏遇到的。

"我现在想来，我遇到的男人好像没有一个是正常的。怎么会这样呢？"小舞说。

"怎样叫正常呢？"

"就是可以正常地和我牵着手走在大街上啊，不用担惊受怕。"

"担惊受怕？不至于吧。"

"你不知道，我喜欢过的这些男人，除了初恋男友，都是有家室的。"

"那我也算这不正常的一个吗？"迟了一会儿，他说。

"你不算。我们不会发生什么的。"

"那你怎么就跟那么多有妇之夫发生什么了？"

"我怎么知道呢。我遇到的爱情总是这样……"小舞说，紧着着，又发来一条，"不过每一段都是真的，我爱他们。他们也爱我。"

这样的聊天总是刺激着荷尔蒙分泌。不多久,他们就聊到了身体和欲望。小舞和小雾不一样,总是很直接地去说,身体的,内心的,都袒露无遗。

"你还会想要我吗?"小舞忽然问。

"会。你呢?"

"我也会。"小雾说,紧接着又补了一句,"但我知道不会发生的。我不能对不起小雾。"

"这话你说过了。你说,她是你最好的朋友。"

"是啊,十多年了。我们一直在一起。"

"这话说得……有时候,我真怀疑你俩是不是同性恋。"

"当然不是。我知道的,她也知道的。"

类似的谈话时断时续,偶尔两人说得热烈,也说要见面,不过总是不了了之。再次见面,是要到冬天了。小雾约吃饭,就三个人。

一家居酒屋。门口垂着布帘,推门进去,没一个人。正要退出来,一个老板模样的中年妇女跑到他们跟前来了。他们落座后,小雾拿了一本又厚又大的菜单点菜,他和小舞面对面坐着,小舞微微一笑,他也微微一笑。

谈话自然在你最近怎样我最近挺好的等等话题中开始。陌生感仍然隔阂在三人之间。还好有酒。喝的是清酒。没觉得好喝,也没觉得不好喝。渐渐的,竟然喝多了。菜又点了一次,竟然还不够。三人都笑着,说太能吃了。

小雾下楼上卫生间。只剩下他和小舞对面而坐了。

小舞对他微微一笑。

他伸出手去,小舞也伸出手去。两只手握在了一起。

"你多跟小雾喝喝酒啊。她大概是挺想你的。"

"我跟她喝了啊。"

楼梯嘎吱嘎吱响动,两人匆忙收回手。

直到一点多钟,三人才走出居酒屋。这是条老旧的街道,只有路灯亮着了。在法桐的荫蔽下,整条街道黑漆漆的。三人走到大路口打车,他拦住一辆后,打开后面的门,把小雾推进去,使劲儿砸上门。师傅恼恨地瞅了他一眼。

"那我真先走了啊,我……"

他站在黑暗里,没听到小雾后半截子话。

"我们再打一辆车。"他回头对站在树影里的小舞说。

小舞低着头,没说话。

B面·小舞之三

清醒过来时,他正跪在小舞身后,小舞则跪在他前面。小舞发出很响亮的声音。之前的所有细节,他全想不起来了。他环视四周,赤身裸体的两人是在床上,床的一边是白色的墙,一边是黄色的立柜。这是在哪儿呢?他不去管了。俯下身去,抓住了小舞的乳房。小舞扭过身子来吻他。他把小舞的整个身子搬过来,面对面压到身下。

"你不累吗?"完事后,小舞虚弱地问他。

"还好啊。"他说。脑袋里一片空白。

"你要不要喝水?"小舞说。

"再抱一会儿。"他从身后抱着她,她翻过身来,和他面对面抱住了。

"这是你家?"他环视四周。

"是啊,想不起来了?你今晚问了好多遍了。"

"想不起来了……对哦,那你不怕你男朋友忽然出现吗?"

"你怕吗?"小舞笑一笑,"不用担心啊。他不会来的。他只有周末才来。"

"明天就周末了……"

"你介意吗?"小舞看着他的眼睛。

"我不知道。说不上来。"

小舞抱紧他。

"你们不一样。"小舞说。

他没问怎么就不一样了。

小舞起来冲洗时,枕头底下掉出一样东西。他拿过来看,立马被小舞抢回去了。

"别看……"小舞羞得红了脸。

"这是自慰棒?你平时会用么?"

"有时候会用……小雾送我的……"小舞犹疑着。

"你们之间还送这个……"

"所以说,我真是太对不起小雾了。"

在狭窄的厨房旁的狭窄的洗澡间里,他们又抱在了一起。

"你这儿租金多少啊?"他问。

"三千五一个月,房东刚说要涨到四千了。"

"真够贵的。"

"小雾那儿,早就四千一个月了。比我这儿还小啊。"

"她那是跟人合租啊,她不用出四千吧?"

"她出两千,另两个女孩儿一起出两千。"

回到床上后,两人朦朦胧胧睡了过去,次日一早,没等小舞醒,他匆匆忙忙穿上了衣裤。

"你现在就要走吗?"小舞斜倚在枕头上,眯着眼问他。

"我还要上班呢。"

"我也要上班。晚点儿去吧,没关系的。"

"我还是早点儿去吧。不想迟到啊。"

"那我给你做早饭吧。"

"不用了,你再睡会儿。你上班很近?"

"很近。"小舞始终斜倚着枕头,微笑着看着他。

"那我走了。"他在床边的椅子上坐下,两手扶在膝盖上。

"你不要担心啊,没事的……"小舞说。

"担心什么?我没担心啊。"

"没担心就好。"小舞笑一笑,"那你走吧。下楼小心。"

他打开门,走出去,又关上门。清早的空气真新鲜。这是栋老得不能再老的居民楼。楼道里堆满了杂物。沿着楼道一层一层往下走,一共下了五层才到地上。抬头看看,他已经说不清究竟哪间房子才是刚才待过的了。小区里有几个大爷大妈在缓慢地走动,他低着头,走了两圈,才找到出口。打上车到单位去,竟然一路绿灯。

"怎么一路都是绿灯?"他问。

司机没搭理他。

"你还会再来吗?"小舞的微信。

"昨晚真够怪异的。"直到中午,他才回复小舞。

小舞没回复他。

这天以后,两人的联系比往日繁密许多。

睡了吗?小舞经常在夜里问他。

睡了吗?他不时也会在夜里问小舞。

小舞更多地和他说起自己的男友。基本都是她在说,他在听。他画了新的画了,他参加了某个画展,他和朋友联合开了公司,他和妻子吵架,他在朋友圈里放了一家人的合影,他和妻子到外地旅游……小舞说,"大概他并不怎么爱我吧。"她不打算再继续下去了。他说,"那你们就分开吧。"小舞说,"你想我们分开吗?"他说,"这跟我有什么关系呢?只能你自己做决定啊。"小舞说,"许多人都说他不好,但我并不这么觉得。"他说,"是你在说他不好啊。"小舞说,"我这么说他也不公平吧。"

一个又一个夜晚就这么过去了。

"我知道,你最近也碰到了很多事……我不该一直跟你说这些的。你还好吗?"一天夜里,小舞和他倾诉了半天后说。

"我挺好的。也没什么事。你多保重吧。"

两人竟许久没再联系。

平安夜那天,朋友约了喝酒。他去了,不知怎么就喝多了。他真没想到自己竟然喝那么点儿酒就多了。他忽然清醒过来时,身上只有一个手机了,钱包没了,钥匙也没了。他茫然地站在一条陌生的马路中央,懊恼至极。抬头看看天,一朵粉红的云悬垂在低空。远处的高楼大厦灯火灿烂,没有一盏灯火是为他点亮的。

"睡了吗?"发微信给小雾。

"睡了吗?"发微信给小舞。

"睡了。很晚了。"小雾说。

"没呢。怎么了?"小舞说。

"我回不去家里了,钥匙丢了,钱包也丢了。"他回复小舞。

"那你过来吧。"小舞说。

打到车后他才想起,那天是周末。

"没关系吗?"他问小舞。

"没关系的。"小舞说。

他来到小舞住的小区,靠着模糊的记忆找到了那栋楼,上到五楼,站在一扇门前敲了半天。忽然,听到有人从楼上跑下来,站在楼道口喊他。

"你敲错门了!"

"不是五楼吗?"

"是六楼啊。"小舞说。

刚一进门,两人便迫不及待地拥抱在一起。

"下面可能还有点儿没干净……"

这并没阻止事情往下进行。他进去时,小舞尖叫了一声。不一时,他忍受不住了,抽出来射在了小舞肚皮上。小舞满脸潮红,呻吟着,"不!"她抓住他,重又塞了进去。"会怀上的。"他说。"我就想怀上……"小舞说。

翌日醒来,他重又陷在丢了钥匙又丢了钱包的困境里,早早穿好衣服,坐在靠窗的沙发上发呆。昨晚发生的一切,更加完全想不起来了。

"我昨晚大概是被人揍了一顿又抢了吧。"他说。

"你身上又没有伤,怎么这么说呢。"

他不再说话,焦虑难以掩饰地附着在他的每一个表情和动作上。

"今天是周末啊,你不怕他忽然闯进来吗?"似乎是为了摆脱内心的焦虑,他朝床走过去,和衣躺下,抱住赤身裸体的小舞。小舞也环抱住他。

"怕什么?我又不是偷情。他也有老婆啊。来就来了,三个人一起呀。"小舞笑。

"真的三个人一起?"

小舞哈哈大笑。

"有一次,小雾问我,会不会想跟你做爱。"

"你怎么说的?"

"我什么也没说,岔开话题去了。"他顿了顿,"你觉得奇怪吗?你知道我跟小雾做过。"

"又不是同时……"

"小雾也说过这样的话。我问她,老说起我前女友,是不是很奇怪……那你想过吗?我们三个人同时……"问出这话时,他的心猛地跳了一下。

"不……也不是没有……"小舞支吾着。

"我想过。"他努力让自己说出这句话。

"那我也想过吧……但这是不行的,没意义的。很多事不能做……"

"但你想过……这就不一样了。"

"我们这样下去,太乱了,不行的,这真是个黑洞……"

他想要再一次在她身体上确认自己,却疲软着没办法了。她抱紧他,喃喃自语,"你太累了,歇一歇吧……我们这样不行的,我们会一直朝黑洞里掉的……"

B面·小舞之四

小舞说,她和小雾绝交了。

"就一个星期前的事儿,我们俩一起吃饭,我又说到男朋友和我借钱之类的事儿,小雾说,那是个人渣,让我别再提他。我和她争论了几句,她就恼了,说话很难听,后来我也恼了。就这么闹掰了。一星期了,我们再也没联系过。"

"就为这事?你们会和好的吧?这么多年了。"

"我想很难了吧。"

"总会和好的。你俩怎么跟小孩子似的?"

又过了几天，小舞截屏给他看她和小雾的对话。

"我和她道歉了，但她不领情。我们是再也回不去了。"

"何必呢？又不是小孩子了。"他说。

A面·小雾之五

有天夜里，小雾发微信问他，在做什么呢。他说，没做什么啊，闲来没事，看书呢。小雾说，自己很久没看书了。又说，两人很久没见了。他说，是哦，很久没见了。

"我想你。"小雾说。

"我也想你。想要你。"他说。

"我不想了。"

"不想做爱了？"

"我想问你个事……"半晌，小雾说。

"你说，什么事？"

"你会跟好朋友谈恋爱么？"

"怎么忽然这么问？你跟好朋友谈恋爱了？"

"是啊，就最近。"

"你们做爱了吗？"他想，她不会听得出他的不高兴吧。

"嗯，上个星期。"

"也像我们那样吗？"

"不。就很正常。"

"我们那样也很正常。"

"我不是这个意思……我是说，我觉得什么都不好了。"

"怎么会不好了?"

"我不应该跟他那样的。我感觉,我就要失去他了。"

"这怎么会呢?应该说,你要拥有他了啊。"他的不高兴的情绪渐渐消散了。

"你说,你前女友会跟好朋友谈恋爱么?"

"你真是喜欢她啊,这种事儿还要拿她来做参考。"

"我几天前加了她的微信了。"

"那你不如直接问问她。"

"你觉得她会回复我吗?"

"会的,她就喜欢这些莫名其妙的问题。"

果然,不一会儿,小雾很兴奋地告诉他,她回复她了。

"我怎么觉得,你不曾喜欢过我,倒是一直喜欢她。"

"我当然喜欢你,现在也喜欢。"小雾说。

"那你也喜欢你现在的男朋友?"

"你说我是不是很邪恶?我是不是应该马上去死?我现在就去死……"

"可别……"他的不高兴的情绪算是完全消散了。

自此,两人又不冷不热地联系上了。他问小雾,是不是跟小舞绝交了。小雾很淡然的样子,说和她在一起,彼此都不能给对方力量,只是相互把对方往深渊里拽,那又何必在一起呢?他还是反复说,你们这么多年了,多么不容易。"我只想离开她,我觉得离开她后,我呼吸都畅快多了。"小雾说。他没再和她提起小舞。

又过了一阵子,小雾忽然发信息给他。

"今晚能出来跟我喝酒么?"

"这么着急?出什么事了?"

"没什么事,就想有个人一起喝酒。"

"那好吧。你今天不加班么?什么时候下班?"

"我辞职很久了。现在在家里。"

"没听你说过……"他愣了一下,"那我现在过来吧。"

"可以吗?那你现在过来吧。"

不过半个多小时,从单位打车来到小雾附近,那条街道多么熟悉啊,他们在这儿一起徘徊过,他到对面给她买过药,他们不知道多少次在这儿喝醉过。下车后,却怎么也找不到那扇铁门了。小雾问他到哪儿了,他不得不实说,自己迷路了。怎么会迷路呢?他翻出手机,在地图上重新查找。走了两个路口,看到远处立着个人,是小雾。他小跑过去。

"竟然走错了两条街……竟然把别的街误认为这条街了……"他气喘吁吁的。

小雾笑一笑,什么也没说。

敲了敲那扇熟悉的门。

门开了,年轻的消防战士的面庞出现在门后。他看看他们,不说一句话。

"谢谢你啊。"小雾微微向战士鞠了个躬。

他略微有些诧异。

走过那条逼仄的楼梯,穿过那些幽暗的角落,他等着小雾打开门。

"那俩女孩儿，她们还住这儿么？"

"什么？哦，早搬走了……"小雾打开门侧身让他进去，"也不是都搬走，是搬走了一个。她俩分手了。天天吵架，那个走了的找人结婚了。"

"不是同性恋么？找谁结婚？"

"这有什么好奇怪的？"

他不再问什么，跟着小雾朝上走。一只黄猫从眼前倏地窜过，在不远处立定，扭身瞅着他。他想起，这是小雾养的那只叫作"小虎"的猫。

"她还不认识我呢。"

"她认生，进来吧，别管她。"小雾朝他笑笑。

弯腰低头，走进小屋。看了看铺在地上叠得整齐的被褥，拉过一个蒲团，坐下了。

"要先喝点儿么？"小雾搬出一箱啤酒，"现在才四点钟，估计很多饭店还没营业呢。"

"那就先喝点儿吧。"他抽出一瓶啤酒。

"哎，开瓶器哪儿去了……"小雾低头四处找寻。"昨晚才用过的。昨晚一定是喝多了。"

"用牙齿吧，"他咧嘴咬掉瓶盖，"要帮忙么？"

"好呀。"小雾把啤酒瓶递给他。

小雾在另一个蒲团上坐下。

碰一碰啤酒瓶，清脆的小小的声音在拘谨的环境里水花一样荡漾开。

"真好啊!"小雾笑一笑。

风微微卷起窗帘,一些阳光漏进来。他凝神谛听,没听到一声汽笛声。他的心激越地跳动着。他想象得到,待会儿两人如何躺在那张曾经熟悉的床榻上……小雾朝他递过啤酒瓶来,打断了他的思绪。他和小雾碰一碰酒瓶。

又一个清冷的声音消散在午后的静谧里。

"你怎么辞职了?"他找到这句话。

"不想干了,就辞了呗。"

"那现在做什么呢?在开咖啡馆?"

"哈哈,"小雾笑起来,"咖啡馆早就是陈年旧事了。那老板跑了。"

"跑了?怎么会跑了。"

"干不下去了呗。还得谢谢他跑得早,不然我就陷进去了。"

"好吧,这也算是不幸中的万幸吧。"

"你呢?听说你结婚了?婚姻幸福吗?"小雾抬起脸望着他,笑靥如花,眼里荡漾着光。

"是啊,就那样吧。什么生活都是生活。"他装出很镇定的样子。

"瞧你这话说得!"小雾又笑一笑。

"不知道该怎么说……"他略微低了声音。

"那不逼你了,还是说我自己吧……可我也没什么好说的啊。"

黄浦江的汽笛声仍未响起。

"对了,刚才……"他忽然想起,"看你怎么跟消防战士鞠躬啊?说声'谢谢'还哽咽着。感动什么呢?"他打趣道。

"你没发现么……"小雾瞬间红了眼眶,低下头,泪水在眼里打转,"以前老给我开门的那个小哥,走了。"

"复原了?当兵一般也就两年吧。"

"不是,是走了。几个月前,不知道哪儿着火了,他们都去了,他再没回来。"

"啊……"他吃惊地长大了嘴巴,"没听新闻上说啊。"

"他还不到二十岁……"眼泪嗒嗒嗒坠落,砸在小雾的膝盖上。

他努力去回想那个年轻士兵的脸,实在想不起来了。

"一!二!三!四!……一!二!三!四!……一!二!三!四!……"是消防战士们列队操练的声音。啪啪啪的脚步声,让这个午后急迫起来。

他探过身去,握一握小雾搁在膝盖上的那只手。

黄浦江上的汽笛,响了一声,然后一声紧接一声。

"前几天,我也差点儿死掉了。"小雾哽咽。

"啊?你怎么了?"他紧握着她的手。

"也没什么大不了的。我和他真的结束了,心情很低落,一个人走在街上,被一辆车撞了。我倒在地上的一瞬间,你猜我想到了什么?我竟然想,结束了,终于结束了。我在柏油路中间躺了好一会儿,真舒服啊,第一次在上海找到一张这么宽敞的床，抬头看天，那么高那么蓝。我来上海快十年了，上海的天从来没那么好看过。我想，你在做什么呢？我爸爸在做什么，我妈妈在做什么，所有那些我熟识的人都在做什么呢？可躺了好久，我竟然没死，反倒越发清醒了。我只能站起来，拍干净身上的灰尘。你说，可笑不？"

"现在没事了吧？"他攥着她的手。

"你看我像有事的样子吗？"小雾抬起头来，微笑着，满脸泪水。

B 面·小舞之五

冬日，黄昏，北京路上的小饭店。

"我和他分开了。"

"你说过好多次了。"

"这次是真的。"

"你每次都说是真的嘛。"

"真的……你不相信也没办法，但我知道是真的。"小舞很笃定的样子。

"怎么了嘛？"

"他一直跟我借钱。"

"这我知道啊。劝了你好多次，别借给他了，你又不听。"

"每个人都会有困难的时候，借钱给他也没什么不对吧？"

"没说不对，你想借就借吧。"

"我没钱了。没钱能借给他了。"

"那怎么办？他又跟你借钱了？"

"不……是我发现他出轨了。"

"呃……"他迟疑了一下，还是说了，"他和你一直就在出轨嘛。"

"我是说，他和别的女人。"

"他老婆以外的女人？"

"别人一直跟我说，他很花心的，我不相信。我觉得，我的爱人不会是那样的。可最后发现还是这样的。怎么会这样呢？"

"你不也跟我上床？"

"也就两次啊。"

"这跟次数没关系好不？哪怕就一次，那也算出轨。"

"那是我也有问题？"

"我们都有问题。每个人都有问题。"

"你这么说，其实是想说我们没什么问题？"

"不是……我也不知道。"

路上传来汽车喇叭声。

"我想从头开始了。想一个人从头开始。"

"怎么开始？"

"我不知道。你结婚了，你这也算从头开始了。"

"没感觉到……生活哪是那么容易从头开始的。"

"但总会有些什么不同吧。是不是？"

"我们不是照样会睡觉，你觉得有什么不同吗？"

"后来没有了啊。"

"那现在你想么?说实话。"

"想……但我知道不能……"

"你以前也这么说过。所以说,没什么不同。"

"我还没结婚呢,你怎么能这么跟我说。"

"你别着急啊,闲聊而已。"

"我着急?我为什么着急?我只是……"

"喝酒喝酒,你看,我的酒都快喝完了。"

"我一直一个人喝酒,很久了,就这么一个人喝酒,我的胃都喝坏掉了。有时候,早上醒来我觉得我整个人都坏掉了。我想,我不会就这么死掉吧。"

"人哪有这么容易死掉哦。那么多人说死啊死的,不过是矫情罢了。"

"你最近和小雾联系过吗?"

"好一阵子不联系了。"他说这话时才想起,好久没小雾的消息了。

"我也没有,她算是真的和我绝交了吧?"小舞有些尴尬地笑笑,"对哦,她跟你说过吗?她前阵子自杀过。"

"自杀?她怎么会自杀?她只跟我说,她谈了次恋爱,那人是她特别要好的朋友。"

"她哪里谈了什么恋爱啊?她骗你的。"

"那自杀呢?她怎么会自杀?"

"我也不是很清楚。那阵子我和她不是不联系了么。我也是听别的朋友说的。没死成,她和你一样,反倒笑自己矫情。这点你俩挺像的。"

"她没和我说,只说她出了一次车祸。"

"她才没出车祸……"

"怎么会这样?"

"你会为小雾痛苦吗?"

"会。"他说。

"你也会为你妻子痛苦吧。你也会内疚吧?"

"会。"他说。

"我也会。"小舞说,"全是错的。"

"谁知道对和错呢。"他说。

"我知道。我知道我错了,你也错了。小雾很多时候是对的。"

"你们一直没和好?"

"没有。我跟你说过的,我们不可能和好了。"

"何必呢。又不是小孩子了。"

"就因为太像小孩子啊,所以不会和好了。"小舞笑。

"好吧,你俩真是的……"

"我去找过小雾,找不到了。"

"找不到了?什么意思?"

"她辞职了,手机号换了,朋友圈关了,搬家了离开了……你是有多久没联系过她了?"

"好像也没多久啊。她这是要人间蒸发么?"

"是啊。你怕是连她的名字都不知道吧。你知道我的名字么?"小舞说着,两手交叠在胸前,挺直了身子,睁大了眼,直直地盯着他。这副样子,让他想起了一些什么。

"我还真不知道,我和你们认识时,你们告诉我,你们叫小雾小舞,我也一直喊你们小舞小雾。问过你们真名的,后来给忘记了。"

"顾零洲,小雾叫赵燕君,我叫刘莉。现在记住了吗?"小舞笑一笑。

"你这是要做什么?"

"回去,回武汉去。"

"那真要从头开始了。"

"我爸妈给我买好婚房了,让我回去。我答应了,这边也没什么好留恋的了。你听小雾讲过武汉么?我和她从武汉一起来的上海。但我对武汉的感情没她深。我想,说不定她是回武汉去了,说不定哪天我在武汉的街头又会碰见她。"

"说不定是在船上,在横渡长江的轮渡上。"

"对的,不在地上,就在船上。"小舞莞尔而笑,脸颊上的酒窝特别乖巧的样子。

"那再见了,顾零洲。"小舞说。

"再见了,刘莉。"顾零洲说。

代 后 记

大地会烧尽吗

春末或深秋，一个人到野外去，漫步或站立，看"野旷天低树"，看四周的苍翠山峦稳坐，看收获之后的大地袒露一颗赤裸的黑暗的心……这是我到上海后，于清醒和睡眠的罅隙，时常默想的场景……我的四周是孤静的，甚而有些压抑，沉闷如缺氧的海底。抬头看天，天上一棱一棱铺展开鱼鳞状的云，正随了太阳的坠落，无声地变幻着颜色，浅红，绯红，暗红，绛紫……恰如一张浓墨重彩着喜怒哀乐的京剧的脸谱。而它俯瞰着的大地呢？所有肆意泼洒的色泽早已收割殆尽，偶然遗落的种子如黄金，也已经被几场风雨消磨得乌暗。

而有一束火冒出来了，似发自大地的心脏。

牛血样的暗红的火苗，慢腾腾地跃动着，慢腾腾地裹挟了尚未干透的麦秸、油菜秆或稻草，哔哔剥剥的声音，轻轻地敲击着耳鼓。慢腾腾的，那火苗盛大了，舞蹈着，蔓延着。沉睡已久的大地，苏醒过来，发出呜呜咽咽的似哭似笑的非哭非笑的持续的声响。如果没有风，会看到沉重的烟柱曲扭着，抛下重负，努力上升，当抵达云边时，获得了云一般轻盈的质地，静穆地四散开，混同于云朵了。

不记得具体是哪一年，我确乎真正地置身于这样的野外……

那年，家里在滚石山脚下种了一亩多油菜。油菜刚钻出土，招展着绿而厚的小手掌，我便时常背了竹篓到田里。杂草隐蔽在油菜底下，丰茂鲜嫩，伸手去薅，断了的草茎散发出青的浓郁气息，汁液沾手上，绿绿的一层。草色日日叠加，即便用肥皂也很难洗净；若手上有冻裂的伤痕，草色注定要越发久长地烙印进皮肤……手中的草握不住了，随手放身后，好一阵子，回头看看，身后的草垒成了一小堆一小堆。估摸着能装满竹篓了，这才直起身子，依次拾起地上的草堆，抱回田头的空竹篓边。

那是冬日正午，太阳高悬头顶，影子匍匐在脚底。四面空旷的田地里，绿色紧连着绿色，绿色一直延续到东边山脚，那便是滚石山。滚石山看上去不过是个小土包，不怎么高，树木稀稀拉拉，山上最惹人注目的，是遍布了几百座坟头。其中一座坟头朝向西南边，正和我默默相对，坟里埋的是爷爷。爷爷是在我六岁那年过世的，和他相关的记忆，已然残存不多。每年去上坟，我站在坟边，望向低处被四面高山围住的绿意荡漾的田地。心想，爷爷看得到这些么？如果看得到，哪怕是一动也不能动，那"死"还不算一桩太坏的事；如果什么也看不到，那"死"是真有些糟糕了。一次又一次，我去给爷爷上坟，思想里总跳出这问题，然而始终没有结论。

油菜一日一日长高，绿色的血液在枝干和叶片间奔突，发出寂静的呼喊。蹲下拔草时，头发不会露出来了；再过些时日，油菜终于开花。黄灿灿的，一整块一整块，如同刚刚用刀齐齐切下的蜜饼，明艳，清亮，香气四溢。

蜜蜂嗡嗡着，蝴蝶翩跹着，它们自有忙活的事务，并不理会我的存在。我钻在油菜花底下，如大鱼潜入深水，倾听着来自水面的讯息。我知道，就在头顶，阳光底下，无数细弱的生命在辛劳奔波着，一幕幕生命的悲喜剧上演着。油菜花粉扑扑落在头发上脸上，也落在手上，凉冰冰的，透着清香。抬起头看，蝴蝶的翅膀，蜜蜂的翅膀，便在眼帘上投下淡漠的影子。越过它们，再往上看，山影淡淡，白云悠悠，青天汗漫。寂静，温暖，接近于无限透明。这一切是那么地让年幼的我感动。

冬天过去，春天汹汹而至。油菜籽收回家，堆积于幽暗的耳房，油菜秆仍留在田里，日复一日，被太阳收尽了水分。我随父母来到田里时，天色已近黄昏。晚霞映照大地，地上遍布奇异的影子。我们搬了些油菜秆到推车上（或许，在那之前，我们已经来过好几趟），决定把剩下的几堆油菜秆烧了，据说这样可以肥田。

是父亲先点燃了第一堆。

那让我后来在上海常常默想的场景出现了：先是浓黑的烟冒出，再后是牛血似的火苗蹿出，缓缓蚕食，吞噬，蔓延，最后，火光熊熊，黑烟腾腾。

从火堆里,我抽了一根燃烧着的油菜秆,跑到这边又跑到那边,点燃了第二堆第三堆。我们守在油菜田的四角,看火越来越炽烈,连成澎湃汹涌的一大片。哔哔剥剥的声响,衬托得黄昏愈发寂静。在不远处,也有别人家点燃了油菜秆;更远处也有。忽然,我为一个大隐患忧惧起来了:如此这般任由大火泛滥,难道大地不会烧尽了吗?

然而,还没得出结论,我又有了新的忧惧——

焰火之中,虫蚁纷乱地翻飞,它们的翅膀,很快就要烧尽了,正发出一股股古怪的气味儿。这些微介的生命,是逃不脱这一场大劫难了。它们会呼喊吗?我是听不见的。它们有名姓吗?我是记不住的。但这一幕是那么深切地撼动了一个少年的心。

火光照得四围的沟渠、土石、树木和草稞纤毫毕现。滚石山上爷爷的坟头也凸显在这大光明里。就连我自己,也异常孤立地凸显于这大光明里了。大光明里,我站立着,正和爷爷的坟头遥遥相对。

许多年后,读到萨缪尔·贝克特薄薄的《终局》,克劳夫声音含糊地说:

"我打开了我那单人牢房的门,我走了。我的背驼得这样厉害,我见到的只是自己的脚。要是我睁开眼睛,在我的双腿之间只有一点儿浅灰黑色的灰尘。我对自己说,这大地熄灭了,尽管我从未见到它发过光。(略停)就这样孤零零地走着。（略停）当我摔倒时，我将因幸福而流泪。"

恍若被一束闪电击中了。我想起二十年前那个少年来了，暮色沉沉，少年擎着火奔跑，身后是一堆一堆新生的火。终了，他气喘吁吁地站在大火边，大火在他脸上镀上了一层酡红，他兴奋又忧惧，如痴又如醉。那个看似稚嫩的问题再次跳出来：大地会烧尽吗？虽然从未发生过，但谁又能为未来担保呢？

反复读了好多遍，我确定，那"单人牢房"是无所不在的。生命、亲朋、语言、生活、记忆、审美、躯体、种族等等，乃至最后必将到来的死亡，无一不是我们每个人的单人牢房。我们被不知不觉地拘禁住了，找不到也常常忘记了去找那扇门。

我们是逃不脱这一间间单人牢房了。

于我来说，写作或许是那唯一的希望之门？

又三四年过去了，晦暗光阴里没写出几篇东西。我将其中一些搜罗来，分别归置在"爱"和"死"这两个巨大而恒久的主题底下，作成一本新的短篇小说集。我没忘记那次阅读，我想，书名或许正可以叫作"这大地熄灭了"。

这大地熄灭了，但我是见过它燃烧的，且相信大地是不会烧尽的，"浅灰黑色的灰尘"，正做了大地的营养。几场雨过后，灰烬融入泥土，土里长满水稻的新苗，水稻成熟、收获，稻草晒干，又会生出新的火苗。

2018 年 1 月 24 日 3：08：48

图书在版编目（CIP）数据

这大地熄灭了/甫跃辉著. -- 上海：上海文艺出版社,2019
ISBN 978-7-5321-7027-2

Ⅰ.①这… Ⅱ.①甫… Ⅲ.①短篇小说－小说集－中国－当代
Ⅳ.①I247.7

中国版本图书馆CIP数据核字(2019)第144881号

发 行 人：陈　徵
责任编辑：林潍克
封面设计：钱　祯

书　　名：这大地熄灭了
作　　者：甫跃辉
出　　版：上海世纪出版集团　上海文艺出版社
地　　址：上海绍兴路7号　200020
发　　行：上海文艺出版社发行中心发行
　　　　　上海市绍兴路50号　200020　www.ewen.co
印　　刷：上海盛通时代印刷有限公司
开　　本：787×1092　1/32
印　　张：9
插　　页：5
字　　数：179,000
印　　次：2020年2月第1版　2020年2月第1次印刷
Ｉ Ｓ Ｂ Ｎ：978-7-5321-7027-2/I.5619
定　　价：58.00元
告 读 者：如发现本书有质量问题请与印刷厂质量科联系　T：021-37910000